たとえ契約婚でも、孤高のエリート御曹司はママになった最愛の彼女を離せない

m a r m a l a d e b u n k o

月夜野　繭

マーマレード文庫

目次

たとえ契約婚でも、孤高のエリート御曹司はママになった最愛の彼女を離せない

プロローグ

「あ……っ、んぁ、あぁっ」

「綺麗《きれい》だよ、結菜《ゆいな》。きみとの出会いは運命だ」

かすれた低い声が耳もとで情熱的にささやいた。

一夜のあやまちなんて、きっと明日には後悔する。

そんな常識的な考えが一瞬頭をよぎったけれど、ためらいを振り切って彼の背中に腕を回した。

わたし、かなり酔っ払っているのかもしれない。

平凡な会社員には縁遠い高級なワインを飲みすぎたせいか、どうしてもロマンチックな雰囲気に逆らえない。

「んっ、藤条《とうじょう》さん」

「名字じゃなくて、名前を呼んで？」

「名前？」

「そう。ファーストネーム」

有名な女優の血を引く端整な目鼻立ち。三十二歳の男性というのが信じられないほど綺麗な肌。

美しい顔がとろけるように優しく微笑《ほほえ》む。

黙っていると、美貌と冷静な面持ちがあいまってひどく冷たく見えるけれど、いまの彼の表情はとても柔らかい。

わたしは今夜飲んだアルコールよりもずっと、この状況に酔っていた。

「い、伊織《いおり》さん」

さっきまでふたりで楽しくお酒を飲んでいたのに、いまはもう広いベッドの上。寝室に入るとすぐに押し倒されて、あっという間にセミフォーマルのワンピースを脱がされた。

素肌にふれる彼の手も、わたしの頬《ほお》と同じくらい熱い。

「……ん」

深く口づけられ、さすがに覚悟を決めたとき、覆いかぶさっていた男の体の重みがなくなった。

ふと目を開けると、わたしの腰にまたがったまま起き上がった伊織さんが、仕立てのいいジャケットとシャツを脱ぎ捨てていた。

しなやかな筋肉のついた、たくましい上半身があらわになる。

髪をかき上げる彼の背後には大きな窓があって、深夜のまばらな街の灯がものすごいスピードで流れていった。

時速五、六十キロで遠ざかる夜景――そう、夜景とはいっても、ここはマンションやホテルではない。

日本《にほん》でも有数のクルーズトレイン、『グラントレノ あきつ島《しま》』。

なんとここは百倍もの倍率の抽選をくぐり抜けなければ予約が取れないという、絶大な人気を誇る豪華列車の中なのだ。

ベッドの下からは、車輪がレールの上を走るかすかな金属音がする。

一泊二日の贅沢《ぜいたく》なひとり旅に来ていたはずのわたしはいま、なぜかその『あきつ島』の最高級の客室、ロイヤルスイートルームにいた。

しかも、これまで出会ったこともないようなハイスペックな男性と一緒に。

「結菜、きみを俺のものにしたい」

甘い色を浮かべた瞳で見下ろしてくるその人は、藤条伊織さん。

鉄道関係の会社を数多く傘下に置く、旧財閥系の企業グループ『藤条ホールディングス』の若き最高経営責任者《CEO》。

恐ろしいほど整った顔に高い身長、引きしまった体。もちろん社会的な地位や経済力もある。

そんな最高級の男性と、二十八歳の平凡な会社員であるわたしがどうしてこんなに親密になったかというと、それには深いわけがあった。

時は、十四時間ほど前にさかのぼる——。

第一章　極上のクルーズトレイン

豪華列車で行こう

十月下旬の東京《とうきょう》。通勤ラッシュの時間帯が過ぎて、落ち着きを取り戻した朝の上《う》野《の》駅。

その二十一番線、『グラントレノ あきつ島』専用ホームには、鉄道の駅とは思えないゴージャスな深紅のカーペットが敷かれていた。

まるでハリウッドで行われる映画祭の、華やかな授賞式みたいだ。

よく俳優さんがポーズを取って撮影されている、あのレッドカーペット！ まさか自分がレッドカーペットの上を歩くことになるとは、人生なにが起こるかわからないものだ。

カーペットの先には、深い茜《あかね》色の列車が停車している。金属というより、まるで漆器のような上品な光沢の外装は、雅な和の雰囲気を漂わせていた。

「わあ、綺麗」

こんなに美しい列車は見たことがない。

特別感のある車体に吸い寄せられていた視線をふと周囲に向ける。

「……あ」

するとカーペットの両側に、ぴしっとした白い制服を着た乗務員——クルーが勢ぞろいしていた。

まるで一流ホテルのようなお出迎えに驚いてしまって、慌ててペコペコと頭を下げる。

「お、おはようございます」

そんなクルーズトレイン初心者丸出しなわたしにも、クルーたちは丁寧にお辞儀をしてくれた。

「いらっしゃいませ、浅野《あさの》さま」

なぜクルーが初見の乗客にすぎないわたしの名前を把握しているかというと、事前に身分証明書を見せてチェックインしているためだ。

けれど、それだけではない。一番の理由は、もともとの定員が少なくて、クルーが乗客の顔と名前を完璧に覚えられるから。

クルーズトレイン『グラントレノ あきつ島』は十両編成の長い列車だけれど、客室はたった十五室。

パンフレットには、すべての部屋がスイートルームだと書かれていた。各室の定員が二、三名なので、つまり一回の運行で三十名程度しか乗車できないのだ。

「浅野さま、お部屋までご案内します」

女性のクルーがわたしのスーツケースを持ってくれる。

「すみません！　自分で持てますよ」

一泊二日の旅だけれど、車内のレストランのドレスコードはセミフォーマルと指定されている。

食事のときに着るちゃんとしたワンピースのほかにも、外歩き用のカジュアルな服やパジャマも必要だし、きちんとした服装に合わせたハイヒールやアクセサリーも持参しなければならない。

意外と荷物がかさばって、スーツケースは海外旅行並みの大きさだ。

「あの、重いですし、申し訳ないです」

「問題ございません」

彼女はにこりと笑って、スーツケースを持っていないほうの手で「どうぞ」と列車を指した。

列車なのに、エントランスと表現したくなるような立派なドア。その横には、夕日とトンボをおしゃれにデザインしたエンブレムが掲げられている。

このエンブレムのロゴは、『グラントレノ　あきつ島』の象徴だ。

トンボの飛び交う、実り多き国、日本。

古来、日本は秋津島《あきつしま》と呼ばれていた。秋津というのは大昔のトンボの別名で、日本の象徴でもあるそうだ。

そのトンボをロゴマークにした豪華列車で、日本の豊かな自然の中をゆったりと旅する。それがこの『あきつ島』のコンセプトなのだという。

「すごい」

列車の出入り口から一歩入ると、そこはまるで閑静な避暑地にある五つ星ホテルのような空間だった。

エントランスホールとレセプションルームを兼ねたサロンカーは、明治や大正の時代をほうふつとさせる和洋折衷の雰囲気だ。

木をふんだんに使った内装は、今回のルートの沿線である長野《ながの》県や新潟《にいがた》県の伝統工芸らしい。

「わあ……」

床には落ち着いたダークブラウンのカーペットが敷かれ、居心地のよさそうなソファーが並んでいる。

車両の奥にはバーカウンターもあり、その横には、つやつやとした黒い輝きが美しいアップライトピアノが置かれていた。

そして、反対側の端を見ると、なんと暖炉がある。驚くことに暖炉には火がついていた。列車なのに、薪《まき》が燃えているのだ。

「とても列車の中とは思えない！」

思わず大きな声を上げてしまった。クルーたちはあたたかく微笑んで、そんなわたしを見守ってくれている。

「本物の暖炉ですか？」

だれにともなく問いかけたら、胸もとに『トレインマネージャー』と書かれた立派なバッジをつけた男性のクルーが穏やかに答えてくれた。

「いいえ、実は照明などの仕掛けで燃えているように見えるだけで、火は利用していません。安全な暖炉なのですよ」

「すごい。本当に燃えているみたいですね」

「ありがとうございます」

豪華列車での女性のひとり旅は、たぶん珍しいはずだ。けれど、そんな好奇心はおくびにも出さず歓迎してくれる様子のクルーたちに、わたしはほっと安堵《あんど》のため息をついた。

実は、わたしがここにひとりでいるのには、複雑な事情がある。

とはいえ、この『グラントレノあきつ島』に乗れる機会なんて、きっと一生に一度か二度だろう。『あきつ島』は月に二、三回しかない運行日に、百倍近い応募が殺到する人気の豪華列車だ。

しかも、このプレミアムチケットは、めちゃくちゃ高価。たった一泊二日の旅行で海外旅行並みの料金がかかるのに、楽しまなければ損よね？

まわりを見まわしながら、うんうんとうなずくわたしに、女性のクルーが声をかけてきた。

「浅野さま、スーツケースはお部屋に運んでおきますね。せっかくですから、どうぞ先に車内を見学なさってください」

「あ、はい。ありがとうございます」

わたしは今度こそ遠慮なく、自分の部屋とは逆方向に歩きはじめた。

このサロンカーは四号車、隣の五号車がダイニングで、わたしの部屋は八号車だ。

これから向かおうとしているのは一号車。

一号車は、展望車になっている。

数あるクルーズトレインの中でも、進行方向の景色が見られる前面展望の車両は珍しいそうだ。チケットに当選して、改めて『あきつ島』について調べたときから、出発はこの場所で迎えたかった。

だって、運転手さんのうしろから、列車が進んでいく景色を見るのって楽しいんだもの。子どものころ、電車に乗るときは必ず、先頭車両に連れていってもらったことを思い出した。

「おおぉ、豪華な展望車！」

展望車もやはりサロンカーと同じく和洋折衷な造りで、伝統的な日本の工芸品の中に、モダンな洋風の意匠が加えられている。ただここはほかの車両とは違い、アイボリーを基調とした明るい内装になっていて、旅立ちのわくわく感を盛り上げてくれているようだ。

正面も左右も眺望を楽しむための大きな窓になっていて、いまは停車中の上野駅の構内の光景が見えた。

「浅野さま、ウエルカムドリンクをどうぞ」

背後から声をかけられて振り向くと、男性のクルーがいくつかの飲み物を載せたトレイを掲げていた。

「じゃあ、スパークリングワインをいただきます」

細いフルートグラスを受け取って、二、三歩歩いたとき、足の先に硬いものがあたった。

「あ……!?」

通路の端に小型のバッグが置かれている。やけに硬いそのバッグにつまずいて倒れそうになり、わたしは横にあったソファーの背につかまった。スパークリングワインをこぼすのはなんとか避けられたけれど、蹴ってしまったバッグはザザーッと通路を滑っていく。

「ひゃぁっ」

バランスを取るため、ソファーの背はつかんだまま離せない。思わずバッグを止めようと、グラスを持っているほうの手を伸ばしてしまった。

でも、だめだ。これはまずい。グラスがかしいで、スパークリングワインがこぼれてしまう。

「うわ!」

焦って叫んでしまったその瞬間、フルートグラスがひょいっと宙に浮いた。

いや、違う。だれかがグラスを取り上げたのだ。

頭の上から低い声が降ってくる。

「落ち着け。カメラ……荷物は大丈夫だから」

「カメラ？」

声の方角を見上げると、そこにはカジュアルなテーラードジャケットを着た若い男性がいた。

若いといっても、わたしよりは年上だろう。三十歳前後に見える。

わたしは身長百六十二センチで、女性にしてはまあまあ背が高い。でも、その男性はずいぶん長身だった。

そして、なによりも顔がいい。テレビや雑誌などのメディアでは見た覚えがないけど、モデルか芸能人なのだろうか。

清潔にさらりと整えられた、艶《つや》のある黒い髪。涼しげな目もとにクールな表情。男性に対する形容として正しいのかどうかわからないが、氷の美貌とでも呼びたくなる美形だ。

「グラス、ありがとうございました」

お辞儀をしてから、慌ててバッグに駆け寄った。見た目より重いバッグを拾って、そっと埃《ほこり》を払う。

「本当に申し訳ありません。これ、あなたのバッグでした？」

「ああ」

バッグを男性に差し出して、代わりにフルートグラスを受け取る。

「中身は本格的なカメラなのかしら。精密機器ですよね？　修理が必要でしたら弁償します」

『あきつ島』の旅行代金のうえに、さらに痛い出費が重なってしまった。

でも、しょうがない。当て逃げみたいなことはできないもの。

「ええと、ご連絡先をうかがえますか？　わたしはこういう者です」

近くのテーブルにグラスを置いて、ショルダーバッグに入っていた名刺入れから、名刺を一枚取り出した。

フリーランスやプライベート用の名刺のようなかっこいいものではない。あっさりとした、ちょっとチープな社用の名刺だ。

笹井田《ささいだ》商事株式会社、第三営業部営業二課、浅野結菜。

地方から大学入学のために上京し、中規模の商社に就職して六年。

英文学部を卒業した英語力を生かして海外の支社とやり取りをしたりもするけれど、わたしは第一線で活躍する社員ではない。総合職のサポートがメインの一般事務をしている。

社名と部署名の印刷された白い名刺の端っこに、自分の携帯電話の番号を走り書きした。

「これを……」

名刺を渡そうとして、男性を見上げてびっくりした。

さっきまでのクールな顔が嘘《うそ》みたいに、不機嫌そうだ。形のいい眉を思い切りひそめている。

あれ、わたし、なにか失礼なことしちゃった？　もしかして、修理どころの問題じゃないのかな。

新しく買い替えないといけない、とか。もしくはカメラは思い出の品で、金銭では解決できないという場合もあるかもしれない。

名刺を両手で差し出したまま、あわただしく左右に首をかしげるわたしは、我ながら挙動不審だ。

そんなわたしを凝視していた男性が、ふと厳しい表情をゆるめた。

「俺の連絡先を手に入れるための駆け引きではないのか」

「は？　駆け引き？」

「わざと荷物につまずいたわけじゃない？」

「まさか！　そんなことしません」

「まあ、そんな器用そうにも見えないか」

ぶんぶんと勢いよく首を縦に振る。

なにげに失礼なことを言われているような気もするけれど、いくら相手がイケメンだからって人の持ち物を傷つけてまで出会いを求めたりはしない。

彼は額に冷や汗を浮かべたわたしを見て、少し笑った。

それこそモデルさんのような仕草でわたしの指から名刺をすっと抜くと、さらりと名乗る。

「俺は藤条グループの最高経営責任者《CEO》、藤条伊織だ」

「藤条グループ？」

あまりにさりげなく、驚くべき自己紹介をされて、一瞬頭が真っ白になった。

藤条グループって、聞いたことがある。

というか、有名な旧財閥系企業じゃない？　この『グラントレノ　あきつ島』の経営母体ではないけれど、藤都《とうと》鉄道をはじめとした全国のいろんな会社を傘下に置く鉄道系のコングロマリット。

「CEOって、つまり、藤条グループの社長さん……？」

思わずぽかんと口を開けてしまった。

「えぇぇっ⁉　すごい人じゃないですか。ほ、本物？」

営業補助の仕事でかかわるのは自社の社員がメインなので、他社のエライ人にはほとんど会ったことがないし、もちろんプライベートでも縁はない。芸能人と同じレベルの遠い世界の人だ。

「そんな方が、突然目の前に現れるなんて信じられないんですけど」

最初の衝撃が過ぎてから頭に浮かんだのは、結婚詐欺やロマンス詐欺だ。

もしかして、社会的な立場のあるエリートを装って、冴《さ》えないOLをだまそうとしている？　だって平凡な一会社員にすぎないわたしの前に、正真正銘のスーパーセレブが現れるわけないわよね？

なにか裏があると思ったほうが、まだリアリティーがある。夢のような出会いを演出するからこそのロマンス詐欺なのであって……。

「あの、まさか……詐欺だったりしません？」

呆然《ぼうぜん》としていたら、心の中の疑問をつい口に出してしまった。

多少柔らかい表情になっていた彼、藤条伊織さんは、ふたたび顔をしかめた。

「失礼だな、きみは」

唇を歪《ゆが》めた心底不機嫌そうな表情を見て、はっとした。

ここは、日本で最上級の特別な豪華列車の中だ。ふだん縁がない世界の人が乗車していたっておかしくない。

というか、そもそもわたしみたいな一般人のほうが珍しいかもしれない。わたしにとってはお給料何か月分っていう思い切った旅行代だけど、それがお小遣い感覚の富裕層は当然いるだろうし。

つまり――。

「すみません！」

たしかに彼が本物の藤条社長だとしたら、詐欺師扱いなんてあまりに無礼だった。ひどい暴言を自覚して深々と頭を下げる。

ところが、焦ったわたしはそのあとすぐ、また失態を犯してしまった。気づいたときには、失敬すぎるセリフが口から飛び出していたのだ。

「でも、あの、本当にわたし、あなたに興味なんかありません！　わたしのような身分の者が恐れ多いです」

あ、やってしまった。しかも大声で、とその瞬間口を押さえたが、こぼれてしまった言葉はもう取り戻せない。

この六年間、無難に会社員生活を送ってきたはずなのに、こんなところでおっちょこちょいな地顔が出てしまうなんて。

長身のイケメンを恐る恐る上目遣いに見上げると、一瞬きょとんとした彼は突然グーに握ったこぶしで口もとを隠した。

どうしたんだろう。急に咳《せき》でも出そうになったのかな。

「……………？」

ちょっと心配になった次の瞬間、藤条さんが「ぷっ」と噴き出した。

「俺に興味なんかない、か。まったく失礼すぎる」

不機嫌な表情すらもさまになっていた氷の美貌が崩れて、なぜかこらえ切れないように笑いはじめる。

「しかも、身分ってなんだ。きみ、名前は浅野さんだったっけ？　現代日本に生きてる？」

クールに見えて、意外と笑い上戸なのだろうか。「くくっ」と押し殺したような笑いが止まらない。

しばらく笑ったあと、藤条さんは指で目じりの涙をふきながら、シンプルかつ洗練されたデザインの名刺をくれた。

「これで身もとの証明になるかはわからないが」

上質な白い紙に、役職と名前、会社名や住所など必要最低限の情報だけが印刷されている。

「すみません……。頂戴いたします」

もちろん私用の連絡先は書いていないけど、この名刺一枚でもビジネスパーソンにはずいぶん貴重なものだろう。

改めて謝罪をしようとしたとき、『あきつ島』の発車ベルが鳴った。

「あっ、出発ですね」

「そうだな。先頭の席に行こう」

藤条さんのあとについて、最前列のソファーに行く。運転手の背中が見える位置の特等席だ。

ほかにも何人かの乗客が展望車に入ってきて、左右の窓に向けて置かれているソファーに座る。

ふと最前列の席の隣に座った藤条さんを見ると、最初のクールな表情ともさっきの笑顔とも違う、わくわくした様子でまっすぐ前を見つめていた。

まるで少年みたいな視線に少し親近感がわく。

「やっぱり前面展望はいいですよね」

軽く声をかけたら、藤条さんは意外そうに目をまたたかせた。

「前面展望なんて言葉、よく知っているな。鉄道ファンなのか？」

「ふふふ、実は『あきつ島』のパンフレットで初めて知りました。知ったかぶりをしてごめんなさい。でも、子どものころは、電車の進行方向の窓を見るのが大好きでした」

「俺も好きだった。物心がつくまでは、電車の運転手になりたかったんだ」

藤条さんの言葉に呼応するように、『あきつ島』がゆっくりと動き出した。

目の前の景色が上野駅のホームから、都心の街並みへと移り変わっていく。ふだんなにげなく見ているビル街も、豪華列車の中から眺めているとなんだか特別な光景に思えてくる。

その様子を眺めていた藤条さんの表情が柔らかくほどけた。

電車の運転手になるのが夢だったというくらいだから、電車の旅に楽しい思い出があるのかもしれない。

「電車好きな子どもだったんですね。でも、藤条グループの後継ぎだと運転手さんにはなれませんよね」

「そう、夢は叶《かな》わなかったが、いまは経営者の立場としていろいろな電車にかかわっているよ」

「あ、そうか、藤都鉄道だけじゃなくて、南海浜《みなみかいひん》鉄道や西日本《にしにほん》急行電鉄も藤条グループでしたっけ？」

「ああ。うちの会社は鉄道系だから」

話しているうちに思い出してきた。

藤条グループは明治時代に、実業家だった初代が鉄道会社を興したことから始まった財閥だ。高校生のとき近現代史の授業で習ったけれど、創業者はたしか鉄道事業を管轄した大臣も務め、『日本の鉄道王』なんて呼ばれていたはず。

それ以降、藤条家は日本各地の鉄道以外にも、都市開発や観光の振興にかかわり、巨大な企業グループとなった。

最初に藤条さんから名乗られたときもびっくりしたけど、よくよく考えてみると、わたしの想像以上の大物だ。

専用バッグに入った高価なカメラを蹴飛ばしてしまったのも、面と向かって失言をしてしまったのも、相手によっては大事になっていたかもしれない。彼が心の広い人でよかった。

内心で改めて冷や汗をかいていたら、藤条さんがまた笑った。

「まずは『あきつ島』の旅立ちに乾杯しようか」

ソファーの前の小テーブルに置いていたグラスをふたつ取り上げ、片方をわたしに差し出してくる。

「はい。ありがとうございます」

「乾杯」

窓の外を流れていく風景に敬意を表するように、軽くグラスを掲げてから口をつける。

わたしはのどが渇いていたので、グラスを一気にかたむけた。まるでジョッキの生ビールを飲んでいるみたいにぐいぐいと、気の抜けたスパークリングワインを飲み干してしまう。

視線を戻すと、藤条さんが感心したような顔でこちらを見ていた。

「浅野さん、強そうに見えないけど、案外いける口なんだな」

「よくお酒弱そうって言われますけど、親戚が蔵元をやっているので、わりと飲み慣れているんです」

どうやらわたしは地味な顔立ちのせいか、おとなしい性格に見えるらしい。

内実はそそっかしいところも多々あるし、祖父母、両親、弟ふたりという大家族の中で育ったせいか、だいぶおおざっぱでもある。

お酒も大好きだし、かなり強いほうだ。

「じゃあ、機会があったら、また飲もう」

藤条さんも自分の赤ワインを飲み干して、からになったグラスをふたたび進行方向の窓にかざした。

「そうですね、万が一、機会があったら」

わたしもからっぽのフルートグラスを窓外の空に掲げた。

うっすらとした雲が浮かんだ秋空は、高く青く、日本一のクルーズトレインの上に広がっている。

「いいお天気になってよかったですね」

「秋晴れだな」

「本当に」

——万が一の機会、か。

藤条さんみたいな素敵な人とお酒を飲めたらいい記念になるだろうけど、そんなチャンスは万が一ほどもないはずだ。

そのときは『万が一の機会』がほんの数時間後に巡ってくるなんて、まったく思いもしなかったのだった。


わたしが予約した八号車のゲストルームは、『グラントレノ　あきつ島』の中では一番リーズナブルなクラスの部屋だ。

リーズナブルとはいっても立派なスイートで、それほど広くはないけれど、二階建てになっている。

入り口から入ってすぐの下の階は、リビングルーム兼ベッドルーム。

リビングの大きな窓の横には、ゆったりしたひとりがけのソファーが二脚あって、座面を引き出すとベッドになる。細部のデザインはこだわっているし丁寧な造りだけれど、すべてが機能的だ。

「階段の上はどうなってるのかな?」

短めの階段を上ると、上は畳の小部屋だった。

畳縁《べり》のない琉球《りゅうきゅう》畳が敷かれていて、なんと掘りごたつもある。ほどよい広さで、気楽に寛《くつろ》げそうな雰囲気だ。

ふたたび下に戻って、一番奥の扉を開けてみた。

そこは水回りだった。当然ながら面積に限界のある車両の中なのに、シャワーとトイレが別々になっているのがうれしい。

ひととおり室内の確認を終えると、わたしは窓際のソファーにぽふんと身を投げ出した。

「はぁ……」

品のいいチャコールグレーのソファーはクッションが利いていて、柔らかくわたしを受け止めてくれる。

「とうとうひとりで、『あきつ島』に乗っちゃった」

初めてクルーズトレインに乗車した興奮が一段落したら、ずっと見ないふりをしてきた心の痛みが押し寄せてきた。

華やかでゴージャスな豪華列車。その非日常的な空間を精いっぱい楽しもうと決意はしたが、現実は厳しい。

どうしても思い出してしまう。もうひとつのベッドを使うはずだった、あの人のことを。

「あー、だめだめ！」

むくっと起き上がり、自分に活を入れる。

「もーっ、あんなやつに腹を立てるだけ時間の無駄なんだから！　結菜、いまを楽しむのよ！」

頬を両手でパンパンと叩《たた》けば、単純ながらなんとなく気力がわいてきた。

「とりあえず、片づけよう」

そして荷物を整理しているうちに、列車はいつの間にか都会のビルの谷間を抜けていたようだ。

ふと目を上げると、窓の外は広々とした田園風景だった。真っ青な空の下、黄金色に輝く稲穂が秋風に揺れている。

急におなかが空いてきて時計を見たら、もうすぐランチの時刻だ。少し早いけど、きちんとしたワンピースに着替えて、レストランに行こう。

落ち着いた色の総レースのワンピースは、ガーリーなかわいらしさがありながら、Aラインのシルエットが大人っぽくて上品なところが気に入っている。ヒールの高いパンプスを合わせて、ドアの横に取りつけられている姿見の前でくるりと回ってみたら、だいぶ元気が出てきた。

「よし！」

クルーズトレインのメインイベントである食事を思う存分楽しむぞ、と気合を入れて個室を出る。

通路の窓から、高速で移り変わる景色を眺めながら、五号車に向かった。

今日のランチとディナー、そして明日の朝食は、五号車の『ダイニングみず穂《ほ》』で提供される。

昔の寝台列車や観光列車では、車内レストランは食堂車と呼ばれていたらしい。でも、『ダイニングみず穂』は食堂というより超一流レストランだ。

高級な雰囲気の内装だけでなく、料理やドリンクも、世界的に有名なガイドブックで二つ星の評価を受けたという創作和食のシェフが監修しているのだという。

「浅野さま、いらっしゃいませ」

入り口で出迎えてくれた女性クルーが席に案内してくれた。

もともとふたりで『あきつ島』を予約していたので、ひとりキャンセルしても、レストランの座席は大きめのテーブルだ。景色がよく見えるよう窓に面した半円形のテーブルには、真っ白なテーブルクロスがかかっている。

クルーが椅子を引いてくれたので腰かけて目を上げたら、隣のテーブルにすごく目立つ男性が座っていた。

「あ、藤条社長」

カジュアルなジャケットから、スタイリッシュな濃紺のダークスーツに着替えた藤条伊織さんだ。

背が高くて小顔なうえにスタイルがいいから、そんな気のないわたしでも見とれてしまうほどかっこいい。

最初に名刺を渡そうとしたときは、藤条さんにいやな顔をされた。でもあれは、わたしが彼に言い寄ろうとしていると思われたからだ。

以前読んだニュースサイトの記事では、たしか『鉄道王』の若き後継者は独身だったはずだ。これほどハイクラスな独身男性だったら、ナンパどころかお嫁さん候補が殺到するだろうし、ハニートラップみたいなことをされたらもちろん警戒するわよね、うん。

いまも思わず声をかけてしまったけれど、不快だったかもしれない。少し緊張して彼を見ていると、藤条さんはこちらを向いて、かすかに笑った。

「ああ、浅野さん、ひとりだったんだ?」

「え、ええ。そうなんです」

「へえ、女性ひとりでクルーズトレインか。珍しいな」

彼は、黄金色に輝く液体の入ったグラスを持っていた。

テーブルには信州《しんしゅう》産の白ワインのボトルが置かれている。そのラベルに見覚えがあった。

「あ、千曲川《ちくまがわ》ワインバレーのワイナリーですね」

千曲川ワインバレーは信州、つまり長野県の、北部から東部にかけてのワイン造りが盛んなエリアの通称だ。おしゃれなデザインのワインラベルは、千曲川ワインバレーの中でも有名なワイナリーのものだった。

藤条さんは驚いたようで、少し目を見開いた。

「知っているんだ。さすが、親戚が蔵元だけのことはある」

「それだけじゃなくて、実はわたし、生まれも育ちも信州なんです」

とくに気を引くつもりはないので、早々に謎解きをしてしまう。

「実家は、軽井沢《かるいざわ》の近くの町で温泉旅館をしていて。家族経営の小さな旅館なんですけど」

長野県の軽井沢町は、今回の旅の帰路でも停車する日本有数の避暑地で、きっと日本人なら多くの人が知っているだろう。

ただわたしの実家は、そんなメジャーなリゾート地ではなく、軽井沢駅から車で三十分ほどの小さな町の片隅にある。

「温泉か、いいな。そうだ、今回は俺もひとり旅なんだ。どうせなら、また一緒に飲まないか？」

「はい……？」

わたしが戸惑っている間に、藤条さんはレストランのスタッフに合図をして、ワインやカトラリーをこちらのテーブルに移してしまった。

「え、あの、でも」

こちらの困惑を気にもせずに、藤条さん自身もわたしの隣の席に移動してきて、軽くボトルを掲げる。

「国産のワインがいま、注目されているだろう。これはその中でも一番の成長株で、先日海外のコンクールでも受賞したプレミアムワインなんだ」

「そうですよね、お盆に帰省したとき、ニュースで見ました。一度飲んでみたいと思っていたんだけど、さすがに高価で手が出なくって」

同じワイナリーでも、数百円から数千円の価格帯のワインは飲んだことがある。でも、このプレミアムワインは五桁。さすがに一介の会社員がポンと出せる値段ではない。

深い緑色に輝く白ワインのボトルを思わずじいっと見つめていると、藤条さんが笑いながら注いでくれた。

「えっ、いいんでしょうか」

「誘ったのは俺だからな。それにひとりで飲むよりもきみと一緒に飲むほうが、酒がうまそうだ」

「なんだか催促してしまったみたいで、申し訳ありません。でも、ありがとうございます」

一応遠慮しながらも、大ぶりの白ワイン用グラスに注がれた美しい黄金色の液体に、目がくぎづけだ。

「いただきます」

グラスに顔を近づけたら、ほんの少し酸味のある甘い香りがした。

口に含むと、フルーティーで豊かな味わいが広がる。さすが、いま注目されている千曲川ワインバレーのプレミアムワインだ。

「おいしい……！」

「それはよかった」

藤条さんも改めて自分のグラスに口をつける。彼は納得したようにうなずいて、口角を上げた。

「『あきつ島』は伝統工芸品だけでなく、沿線の農産物もメニューに取り入れているところがいいよな」

「その土地の食べ物は、旅行の楽しみですもんね」

ちょうどそのとき、ランチコースの前菜が運ばれてきた。

漆塗りのお盆の上に、木製の小鉢がいくつも並んでいる。菊の花のお浸し、あんぽ柿のチーズ巻き、栗《くり》やくるみの白和《しらあ》えといった秋らしい彩りの料理が、少量ずつ何種類も味わえるのが楽しい。

ゆっくりと前菜やワインを味わったあとに振る舞われたメインディッシュは、鮎《あゆ》の塩焼きだった。『清流の女王』と呼ばれる鮎は、川魚の中でも香りがよくておいしいのだ。

「この鮎はいいな」

「ええ、天然物は高級品で、地元でもそんなに食べられないんです」

目を閉じて鮎を堪能していたら、「ぷっ」と噴き出す声がした。目を開けると、藤条さんがおかしそうに笑っている。

「本当にうまそうに食べるな」

「いや、だってせっかくの鮎を味わい尽くさないと。藤条社長も冷めないうちに食べてください」

「ああ、その『藤条社長』って、もうやめないか」

「ええ？」

「視察も兼ねているとはいえ、プライベートな旅行だ。それに、きみはうちの社員でもないしね」

「でも、社長は社長ですよね」

今日初対面の大企業のトップ。そんな人を肩書き以外でどう呼んだら正解なのかしら。

困ってしまって首をかしげると、彼は少しいたずらっぽい笑みを浮かべた。

「名前で呼ぶのはどう？　俺も結菜って呼ぶから」

「……は？」

「呼び捨ては抵抗ある？　じゃあ、結菜さん」

名前に『さん』づけは、逆になんだか恥ずかしい。お見合いでもしているような気分になる。

「いやいや、呼び捨てでいいです。どうぞ、どうぞ」

と答えてから、なぜ名字じゃだめなのかと疑問がわいてきたけど、彼の勢いに押されてしまう。

「俺のことも呼んでみて？　伊織って」

「えぇぇぇ、それはさすがに無理ですよ。藤条さんで勘弁してください」

「ふうん。いまはまあ、いいか」

顔がいいというのは、ある種のパワーだ。なにが気に入ったのか、機嫌よさそうに笑うモデル並みの美形に、平凡な一般人は逆らえないのだとわたしは悟った。

早くも白ワインのボトルが空いてしまい、藤条さんが新しく赤ワインをオーダーする。

運ばれてきたのは、やはり千曲川ワインバレーにある、さっきとは別のワイナリーのものだった。

「さあ、せっかくだからこっちのワインも飲んでみて、結菜？」

「は⁉」

いきなりの名前呼びに驚いて、ぷはっと噴きそうになった。食べている最中じゃなくて助かった。

この人、絶対からかっているわよね。わたし、そんなに気安いタイプに見えるのかな？

相手が普通の男性だったら、口説かれているのかと誤解してしまいそうだ。でも、生きている世界が違うイケメンエリートの、冗談めいた態度を真面目に考えてもしょうがないか。

なんとか気を取り直して、ワイングラスを手に取った。

透きとおった淡い赤紫色が綺麗だ。ひと口含むと、フレッシュなぶどうの香りがして、口当たりも軽やかだった。

「わあ、これもおいしいです」

「そうだろう？　昼だからライトボディの赤にした」

名前呼びの件は、なんとなくうやむやになった。

藤条さんに丸め込まれたような気がしないでもないけど、おいしいものは正義だ。

それだけは間違いない。

澄んだぶどう色のワインの表面が、列車の振動に合わせて軽く揺れる。

朝にはスパークリングワインも飲んだし、わたしはそれなりに酔っていて、ちょっと気が大きくなっていた。

普通の男友達を相手にするみたいに、気兼ねなく藤条さんに話しかける。

「藤条さんは意外と気さくな人なんですね～。見た目はクールでお堅そうなかんじなのに」

彼はわたしをからかうように、くすりと笑った。

「きみもずいぶん遠慮しなくなったな。身分違いがどうとか言っていたのが嘘みたいだ」

「あはは、先ほどは失礼しました」

あちらは大企業の社長で、こちらはヒラの会社員。最初に『わたしのような身分の者が恐れ多いです』なんて口走ってしまったけれど、実感としてはまさにそのとおりなのだ。

ただ『身分』の差はわかっていても、相手が雲の上の人すぎて媚《こ》びる気にもならない。

それに刹那的な表現だけど、どうせ一泊二日の旅行中だけの縁なのだ。こうなったら、呼び捨てでもなんでもどんと来い、だ。

「もう、開き直ることにしました。せっかくの『あきつ島』なんだから、いまは役職や立場なんか気にせず楽しみましょうか」

藤条さんもリラックスした様子で微笑む。

「それには賛成だ」

「そういえば、ランチのあとの観光はどんなかんじなんでしょうね？」

「ああ、特別な見学コースがあるようで、それも楽しみだ」

そのあともおいしいワインを飲みながら、意外と話がはずんだ。

ランチコースの最後には、新潟の魚沼《うおぬま》産コシヒカリの炊きたてご飯と、信州産味噌《みそ》仕立ての留椀《とめわん》が出てきた。デザートは栗ババロアとシャインマスカットだ。

どれも信じられないくらいおいしくて、おなかも心も満たされた気分。

コーヒーを飲んでひと息つき、ふっと話が途切れたときに、ずっと気にかかっていたことを聞いてみた。

「そういえば、カメラは大丈夫でした？」

今朝、わたしが展望車で蹴ってしまったあのカメラ。結局、修理は必要なのだろうか。

藤条さんは軽く肩をすくめた。

「ああ、傷ひとつなかったから気にしなくていい」

「よかった。藤条さんは写真を撮るのが趣味なんですか？」

「あれは母のカメラなんだ」

「お母さまの？」

少し照れくさそうに前髪をかき上げる藤条さん。そして、彼はカメラにまつわる事情を話してくれた。

あのカメラは、藤条さんのお母さまの遺品なのだそうだ。お母さまは彼がまだ幼いころに、病気で亡くなってしまったのだという。

「そんなに大切なものを……本当にごめんなさい」

「いや、わざとじゃないのはわかっている」

彼の母親は、結婚するまで芸能界にいた。わたしでも名前を知っているような有名な女優さんだった。

ただ、もともと撮られる側よりも撮るほうが好きだったらしい。日々の楽しみとして、デジタル一眼レフカメラを愛用していたのだそうだ。

「藤条さんも写真を撮るんですか？」

「とくにそういう趣味はないんだが、今回は持ってきてしまった。父の一周忌の法要を終えたばかりで、感傷的になっていたのかもしれない」

「一周忌、ですか？　あ、去年、ニュースで見たような……」

「父は仕事人間だった」

藤条さんは視線を窓の外に向けた。

茶色い枯れ葉をまとい、早くも冬支度を始めた山々が車窓を流れていく。

「体調が悪くても、病院にかかるのを先延ばしにしていたんだと思う。病気が発覚したときには、もう遅かった」

「……そうだったんですね」

「兄弟もいないから、俺が会社を継いだ。あっという間の一年だったよ」

「たったひとりのご家族を亡くすなんて、大変でしたよね」

「いてもいなくても変わらないような親だったが、それでも俺の中に情はあったんだろうな」

まるで他人事のように淡々とした口調だった。

わたしは仲のよい大家族に囲まれて育ってきたけれど、藤条さんはそうではないみたいだ。

早くに亡くなってしまった母親と、仕事に打ち込むあまり家庭をかえりみない父親。ひとりぽつんと広い部屋の真ん中にたたずむ少年が頭に浮かぶ。

いまは大人の藤条さんだって、子ども時代はあったのだ。きっとすごくさみしかっただろうなと、他人事ながら少し涙ぐんでしまった。

余計なお世話であることはわかっているんだけど。

藤条さんはちらりとわたしを見て、穏やかな笑みを浮かべた。情にもろくて泣き虫なわたしに気づかれてしまったかもしれない。

「なぜかな。こんなこと、ほかのだれにも話したことがないのに、きみには話してしまう」

彼は首をかしげて苦笑した。

「旅先だもの。この二日間くらいは、現実のしがらみを忘れて気分転換してくださいね」

「ああ、ありがとう」

コーヒーカップを持ったまま、また景色を眺める藤条さん。父親の急死からのCEO就任なんて、聞いているだけでも激動の一年だ。こんなふうにぼんやりとする時間もなかったのだろう。

流れ去る車窓に時折、赤や黄色に紅葉した木が映る。紅葉は秋空の下、スポットライトを浴びているかのように輝いていた。

藤条さんの疲れもわたしの心の傷も、『グラントレノ　あきつ島』というこの特別な空間と非日常の時間の中で、少しでも癒やされますように。

ささやかな祈りが、秋津島――トンボの国の神さまに届いたらいいな。


おいしいランチのあとは、いよいよ最初の停車駅だ。

上野駅を出発した『グラントレノ　あきつ島』は新潟県の村上市《むらかみ》に向かい、折り返して車内で一泊、軽井沢を経由して上野駅に戻る。

村上市と軽井沢町では下車して、観光する予定になっていた。

一日目の観光は、まず日本海。荒波に削られた奇岩《きがん》や洞窟の連なる『笹川流れ《ささがわ》』という観光地で景観美を堪能する。そして専用のバスで移動して、ものづくりの盛んな地域のオープンファクトリーを見学するという行程だ。

ランチの席で思いがけず話のはずんだわたしと藤条さんは、下車観光でも一緒に行動していた。

笹川流れでは、展望台から眼鏡岩や雄獅子《おしし》岩などの絶景を眺めながら、綺麗な青い色をした海の塩のソフトクリームを食べる。

「わあ、日本海ブルーですね。味は……しょっぱい！　んん？　甘い？」

「絶妙な塩加減が甘さを引き立てている」

「そうそう、それが言いたかったんです」

「調子がいいな」

クールな美貌をくしゃっと歪めて藤条さんが笑った。

「えへへ。ときどき入ってる塩の粒の食感もおもしろいですね」

つい眺望よりも食欲が先に立ってしまうけど、もちろん観光も楽しんだ。

笹川流れといえば遊覧船が有名だ。観光フェリーに乗って、四十分ほど奇岩の数々を眺める。

海から見上げると、陸地にいるときよりも、そそり立つ断崖が大きく見えて迫力満点だった。いまは波が穏やかだけど、尖《とが》った岩の形に日本海の持つ本来の荒々しさを感じる。

「硬い岩がこんなに削られるってことは、それだけ波が激しいんですね」

奇岩から目を離して横を振り向くと、隣の席の藤条さんが微笑んだ。

彼は遊覧船に乗るときもスマートにエスコートしてくれたし、なにも言わずにわたしを窓側の席へ座らせてくれた。

藤条さんだからなのか、大きな会社の御曹司としてそういうマナー教育を受けてきたからなのかわからないけど、いままでそんな男性と過ごしたことがなかったからちょっとびっくりしてしまう。

柔らかく微笑んだまま藤条さんがうなずいた。

「厳冬期には『カプチーノコースト』の現象も起きるようだから、やはり海が荒れるんだろうな」

「カプチーノコースト？」

「『波の花』とも言う。カプチーノの泡のようになった波が、岩場や河口に押し寄せるんだ」

「へえぇぇ！」

感心しながらまた海を眺めていたら、船内放送が入った。

『これより笹川流れ観光フェリー名物、カモメの餌づけを始めます。カモメの餌をお配りしますので、人間のみなさまは食べずにお待ちください』

ユーモラスな放送に乗客の笑い声がわいた。

中央通路を歩いてきた船の係員が、スナック菓子の入った紙コップを乗客に配っていく。

「カモメの餌づけって初めてです」

藤条さんに笑いかけると、心なしか表情が硬い。

「どうかしました?」

「いや、なんでもない」

体調でも悪くなったのかなと心配になって声をかけようとしたら、また船内放送が入った。

『カモメスポットです。みなさん、お楽しみください!』

遊覧船が停《と》まると、上空にカモメの数が増えてきた。カモメたちもこの時間、この場所に来れば、おやつがもらえるとわかっているのだろう。

だれかが窓から餌を投げると、カモメたちが遊覧船に群がってきた。クァークァーという鳴き声が大きくなる。

窓枠すれすれに飛んでいるので、怖いほど迫力があった。

「わあ、すごい!」

わたしも紙コップの中のお菓子を窓の外に投げてみる。

「えいっ!　ほら、おいで、おやつよ」

何羽ものカモメが、手でさわれそうなくらい近くまでやってきた。これまで遠くで飛んでいる姿しか見たことがなかったので、近寄ってくると意外に大きいのにびっくりする。

「藤条さんもどうぞ」

彼が餌を投げられるように体をずらした。

自分ばかり遊んでいるのも申し訳ないし、藤条さんにも楽しんでほしい。

でも、しばらく待っても反応がない。

「……………？」

ふと気になって藤条さんのほうに振り返ると、彼はわたしの頭越しにじっと窓の外を見ていた。

あれ？　ずいぶん顔色が悪い。どうしたんだろう。

「大丈夫ですか？　船酔いしました？」

遊覧船は予想していたほど揺れなかったけれど、それでも海の上は不安定だ。苦手な人は酔うかもしれない。

藤条さんは硬い表情のまま、ゆっくりと首を横に振った。ちょっと無理をしているようなその様子に、子どものころの弟を思い出す。

下の弟は車に弱かった。車で遠出するときはいつも、忙しい母に代わって酔い止め薬を飲ませたり、車中で一緒に歌を歌ったりしていたものだ。

「いま、酔い止め持ってないんですけど……洗面所に行きますか？」

思わず手を伸ばして彼の背中をさする。

広くて硬い背中だ。当然だけど、弟の小さかった背中とは違う。

藤条さんみたいな立派な大人に、こんなことをするのはおかしいとはわかっている。だけど、弟ふたりの面倒を見てきた長姉《ちょうし》のおせっかいな性格がぽろりとこぼれ出てしまった。

「無理しなくてもいいですからね。弟が昔、よく車酔いしていたんです。つらいですよね」

彼は青白い顔をしながらも、「ふっ」と苦笑した。

「ありがとう。船酔いはしていない」

「でも、顔色が……」

すると藤条さんは、彼の背中に回していたわたしの手を取ってひざの上に乗せると、軽く握りしめる。

そして今度は苦笑というよりも、少し恥ずかしそうに笑った。

「笑ってくれてもかまわないんだが、実は鳥が苦手なんだ」

「鳥が苦手？」

「ああ。幼いころに襲われたことがあって」

「襲われた!?」

大昔の名作映画が脳裏に浮かんだ。たしか、鳥の大群に襲われた人々が逃げ惑うパニック映画だった。

わたしの考えていたことが伝わったのか、藤条さんはまたかすかに笑って首を横に振った。

「いや、違うんだ。まだ幼稚園くらいの年だったかな。公園でポップコーンを食べていたら鳩《はと》が群がってきただけだ。だが、それ以来鳥が苦手になった」

「なるほど、そうだったんですね。それはトラウマになりますよね」

たしかに、ポロポロとこぼしたお菓子に何十羽もの鳩がわーっと寄ってきたら、小さな子どもには恐怖でしかないだろう。

でも、なんの弱点もないように見えるエリートでセレブな藤条さんみたいな男性でも、ちょっとした苦手なものはあるんだ。そう思うと、なんだか人間らしくて微笑ましく感じた。

あ、だけど、本人にとっては真面目な悩みなのに、親しみを覚えるなんてよくないかな。

わたしは藤条さんの手をぎゅっと握り返して、力強くうなずいた。

「大丈夫。カモメが襲ってきても、わたしが全部引き受けますから」

そう言ってから手を離し、彼のぶんと合わせてふたつの紙コップを持ち直す。そして、窓からカモメの餌を一気に放る。

できるだけ遠くに行くように思い切って投げたら、遊覧船から少し離れた海面にカモメが集まった。カモメたちはやがて、わたしたちの窓のそばからは消え、餌をくれる乗客のほうへと飛んでいった。

からになった紙コップを藤条さんに見せる。

「下船まで、なにか話でもしていましょうか」

「きみは……」

「はい？」

あ然として目を見開いていた藤条さんが、急に笑い出した。

「おもしろい人だな」

「そうですか？　わたし、自慢じゃないけど、めちゃくちゃ普通ですよ」

会社で平凡選手権をしたら、優勝する自信がある。中肉中背で、性格も仕事の能力もとくに秀でたところのないごく普通の事務員だ。

藤条さんは少し目を細めた。どこかまぶしそうな表情のまま、じっとわたしを見つめている。

午後の日差しを受けてきらめく海がまぶしいのかもしれない。

「こんなに素のままでいられたのは久しぶりだよ。きみは……不思議な魅力のある人だ」

さっき言われた『おもしろい人』よりはランクアップしてる？

ちょっとしたお世辞だとしても、こんなにかっこいい男性から魅力があると言われて悪い気はしない。

わたしはふざけて、つんとあごを上げると、にやりと笑ってみせた。

「わたしみたいな平凡な女に惚《ほ》れたら、低温やけどしますよ」

わけのわからない自虐ネタに笑いをこらえ切れなかったのか、藤条さんは「ププッ」と噴き出した。

「やけどじゃなくて、低温やけどか。気がついたら、心を持っていかれてるってことかな」

彼の軽口にわたしも笑ってしまう。

そんな冗談を言い合っているうちに四十分が過ぎ、わたしたちは遊覧船の船着き場に戻ったのだった。

笹川流れの次に向かったのは金属加工が有名な町だ。

その町では、『あきつ島』のレストランでも使われているカトラリーの製造現場を特別なコースで見学させてもらった。一般の観光客には公開されていない作業場の中まで案内される。

目の前で、職人さんが大きな機械を使って金属のかけらをひとつずつ切り出し、型抜きしていく。プレスしたものを手作業で磨くと、薄い金属板が美しい形のスプーンに変化した。

魔法のような技術で優れた製品ができあがる瞬間は、思っていたよりもずっと感動的だった。

うん、すごく充実した時間を過ごせている。本当に、今回『あきつ島』に乗ってよかったな。

「一般客の立場では見せてもらえない、ものづくりの現場の裏側まで見学できるのがおもしろいですね」

「『あきつ島』のためのスペシャルツアーだからな。この列車に乗らないと体験できないというツアーは、乗客の満足感につながる」

藤条さんは経営者としての目線でも、『あきつ島』を観察しているようだ。

「ああ、休日なのに、つい仕事に考えがいってしまうな」

「それだけお仕事に打ち込んでいるってことだから、しょうがないですよね」

隣を歩いていた藤条さんを見上げると、彼は軽く苦笑した。

そして気持ちを切り替えるように、空を見て伸びをする。背が高いので、手足もすらりと長い。

その手のひらの先、よく晴れた空はまだ青いけれど、ランチのころよりも色が濃くなっていた。

そろそろ夕暮れが近い。

「日本海の海産物を使ったディナーも楽しみだな」

「そっか、日本海の！　ワインもいいけど、海の幸なら、新潟の地酒が飲みたいですねー」

藤条さんの言葉に思わず飲兵衛《のんべえ》の血が騒いで、うきうきとしてしまう。

彼はそんなわたしに呆《あき》れる様子もなく、楽しそうにうなずいた。

その瞳は穏やかで、優しさすら感じられる。クールな貴公子のようだった第一印象が嘘みたいだ。

わたしも気持ちを偽らない、素のままの笑顔を返した。かつての恋人と過ごしていた日々とは笑い方が違うのが、自分でもよくわかる。

「ディナーもご一緒しますか？」

「きみさえよければ」

「もちろんです！」

いま思えば、元カレと付き合っていたときは、いつも気を遣っていた。

元カレは同じ会社の同期で、よくも悪くも自信家だった。自分は将来出世して重要な仕事を担うのだから、いずれ結婚する相手には目立たず陰から支えてほしいと考えていたようだ。

そんな人だから、わたしが職場でちょっとしたプロジェクトをまとめる立場になった際は、不機嫌な日が続いた。だから、わたしも波風を立てたくなくて、次第に自分を抑えて控えめに振る舞うようになった。

それがいつの間にか男性との関係の基準になっていたので、こんなふうに肩ひじを張らず自然体でいられるなんて、まるで女友達みたいに感じる。

言うまでもなく、藤条さんのずば抜けて美しい顔立ちや洗練された男らしい仕草が視界に入ると、一瞬ドキッとする。

けれど、会話が始まれば気を遣わずにいられるのだ。

出会ったばかりだし、性別も境遇もまるで違うのに、不思議な話だ。

もちろん別れたばかりの恋人以外にも、学生時代に付き合った男性はいた。それでも、こんなにリラックスして話せる人はいなかったと思う。

もし女同士だったら、わたしたちは親友になれていたかもしれない。

もう恋はしたくないから

クルーズトレインは単なる移動手段ではない。

もちろん交通機関としての役割は果たしているけれど、一流のレストランであり、最高級のホテルでもある。

『あきつ島』で過ごす一瞬一瞬が、心躍る体験だった。列車に乗ること自体がエンターテインメントになるのだと、わたしは今回初めて知った。

和を感じさせるエレガントなインテリアや、見た目、味わいともに繊細な料理の数々。間近で奏でられるピアノやヴァイオリンの音色に、車窓を流れていく夜景。

でも、こんなに心が浮き立つのは、きっと気の合った友人と一緒に過ごしているからだ。

「藤条さんはお酒の中で、ワインが一番好きなんですか？」

「そういうわけではないが、よく飲みはするな。きみは？」

「わたしは日本酒かなあ。でも、ビールも好きだし、ワインも好き」

車内でのディナーを終えて、わたしと藤条さんはラウンジで飲み直していた。

日本海の海産物尽くしのディナーは最高においしくて、わたしはランチに続き、またちょっと飲みすぎていた。けれど、楽しい一夜が終わってしまうのが惜しく、つい彼をラウンジに誘ってしまったのだ。

藤条さんはクルーに新しいワインのボトルをオーダーして、わたしにいたずらっぽく微笑みかけた。

「要するに酒好きなんだな」

「えへへ。でも、藤条さんも結構酔ってますよね？」

「結菜ほどじゃない」

そうは言っても、藤条さんの頬もほんのり上気している気がする。

女優だったお母さまに似ているのか、中性的にも思える華やかな美貌。それがかすかに色づいている様子は、ただの美女よりもずっと艶めいて見える。

わたしはぼうっと彼の顔に見とれていたけれど、ワインのボトルを差し出されると、そちらに集中した。

たしかこれも、千曲川ワインバレーの有名なワイナリーの赤ワイン。しかも、とても希少な銘柄だ。

「これは、なかなか市場に出てこないやつですよね。ローカルニュースで話題になってました」

藤条さんが急に大きな声で笑いはじめた。

「きみは本当に、ほかの女性とは全然違うな。俺よりも、ワインに関心がある顔をしている」

「ええ？　そうですか？」

おかしそうに笑っていた彼が、少し真面目な表情になった。

改まった顔をして、どうしたんだろう？

「結菜は、どうしてひとりで『あきつ島』に？」

「ん？　それは……うーん」

ああ、その話題だったか。どう話したらいいのか迷うところだ。

「藤条さんは、視察を兼ねた休暇なんですよね？」

「そうだな。視察というほどかしこまったものじゃないが、機会があればできるだけ、鉄道の旅は体験しておこうと思っている」

「わたしは、もともと豪華列車に興味があったわけじゃないんです」

別に秘密にしているわけではないし、藤条さんに知られても問題はないか。それに、いっそだれかに話してしまったほうがすっきりするかもしれない。

そう思って、本当のことを話そうと決意する。

「実は、『あきつ島』のチケットを取ろうとしていたのは、元カレなんです」

「元カレ？　恋人がいたんだ」

藤条さんがわずかに眉をひそめた。

「そう。その人が鉄道好きだったの。それで去年、『あきつ島』の抽選にふたりで申し込んで、わたしの名義のぶんが運よく当選したんです。でも、つい先日振られてしまって」

「そんな事情があったのか」

「一名一室の料金はすごく高くなるんだけど、この旅で気持ちに区切りをつけたいなと思って、貯金をつぎ込んじゃいました」

わたしはからからと笑った。

元カレとは三年ほど前に付き合いはじめた。学生時代に交際していた恋人と別れて数年経《た》ち、そろそろ彼氏が欲しいなと思っていたときにタイミングよく縁がつながったのだ。

ただ最近はマンネリ気味で、恋愛のどきどき感はなくなっていた。でも、もう三年になるし三十路《みそじ》も見えてきたから、いずれは結婚するんだろうなとぼんやり考えていたんだけど……。

そんなとき、彼の浮気が発覚した。しかも最悪なことに、浮気相手は同じ会社の後輩社員で。

恋の情熱はなくても結婚は考えられたけど、浮気をするような不誠実な人とはやっていけない。

別れを告げたのは彼。でも、最終的に別離を決めたのは自分だ。

それでも情はあったから、やっぱりひどく落ち込んだ。

そしてそういう噂《うわさ》はなんとなく広がるもので、わたしたちが別れて以来、社内の好奇の目がすごいのだ。

けれど、もういい。子どものころ、祖母が『人の噂も七十五日』と言っていた。噂もじきに収まるだろう。

それに、あの人は結局この素晴らしい列車に乗れなかったのだから、ちょっといい気味でもある。

このひと月、ずっと落ち込んでいたけれど、やっと気分が上向いてきた。『あきつ島』と藤条さんに感謝しなきゃ。

ゆっくりとワイングラスをかたむけていた藤条さんが、微笑むわたしをじっと見つめた。

「きみを振るなんて、見る目がない男だな」

「そうですかねえ」

「だが、俺には幸運だった」

「幸運？」

なんの話だろう。わたしの失恋と藤条さんの今日の運勢に、なにか関係があるのかしら。

わたしがきょとんとしていたら、藤条さんがワインのボトルを片手に持って、すっと立ち上がった。

「気分を変えて、俺の部屋で飲み直さないか？」

「はい？」

芸能人のような美形がスマートに手を差し伸べてくるものだから、ついその手を取ってしまう。

藤条さんは綺麗に口角を上げて微笑んだ。

「ああ。まだボトルのワインも残っているし、きみにロイヤルスイートルームを見せたいんだ」

「ロイヤルスイートルーム！」

「車内で唯一の檜風呂《ひのきぶろ》もあるし、最後尾の車両を丸々一両使った部屋だから、後方展望も独り占めできる」

「へええ！　見てみたいです」

檜風呂があると聞いて、俄然《がぜん》興味がわいた。

わたしの部屋にはシャワーしかない。列車の中のお風呂ってどうなっているんだろう？

藤条さんが男性だということは、もちろん理解していた。

でも、一日一緒に過ごして彼のことを信頼し切っていたし、気の合う友達のつもりでいた。実際は、男と女だったのだけれど。

なんだかんだと言い訳をしても、わたしはつまるところ酔いと好奇心に負けたのだった。

＊＊＊

わずかな揺れを感じて目を覚ますと、ブラインドの隙間から朝日が細く差し込んでいた。

ベッドサイドのテーブルには赤ワインの空き瓶と、珍しい漆硝子《うるしガラス》のワイングラスがふたつ。長野県の一部で製造されている木曽《きそ》漆器の技術を使った、美しいワイングラスだ。

そして、わたしの横には——。

「うわ……」

裸の男性が寝ていた。

素肌にあたるシーツの感触でわかってはいるけど、わたし自身も裸だ。

えーと。

これって、一夜のあやまちってやつよね？　わたし、生まれて初めて、付き合ってもいない男性と関係を持ってしまった。

「…………っ！」

うろたえて声を上げそうになって、慌てて口もとを押さえた。

自分のやってしまった行為には我ながら驚いたけれど、よく考えてみれば後悔はしていない気がする。

夢のような一夜だった。藤条さんは、とても優しかった。

でも、穏やかな愛撫《あいぶ》が、次第に我を忘れたように荒々しくなって……。最後には、わたしも夢中になってしまっていた。

きっと彼も酔っていたんだと思う。そうじゃなければ、藤条さんみたいなスーパーエリートが、若くもかわいらしくもないわたしみたいな女性を抱くなんて考えられない。

そもそも最初は、彼のネームバリューや家柄目当てに近づいてきたのではないかと疑われていたわけだし。

「ん……。ああ、おはよう」

藤条さんがゆっくりと目を開け、かすれた声でつぶやく。わたしはびっくりして、ベッドの上で飛び上がった。

「お、おはようございます、藤条さん！」

彼は「くくっ」と声をひそめて笑った。

「伊織、だろ？」

そうささやくと長い腕を伸ばして、わたしを毛布の中に引き寄せる。

「あ、え……？　藤条さん？」

「い、お、り」

「い、伊織さん」

また含み笑いをすると、藤条さん──伊織さんはわたしを強く抱きしめた。

「体は大丈夫？　昨夜は激しくしてしまってごめん」

耳に吹き込まれる吐息と低い声に、胸が苦しいほど高なる。

「だ、大丈夫ですっ」

「じゃあ、あと一回いいかな？　全然足りない」

「え？　ええっ⁉　もう、あ、朝ですから！」

慌てて彼の胸に手を突っ張って熱い素肌から距離を取ると、本格的に伊織さんが笑いはじめた。

あっ、からかったのね？

頬をふくらませて抗議してみせると、彼は上半身だけ起き上がって苦笑し、枕もとのスマートフォンを手に取った。

厚い胸板と引きしまった腹筋がまぶしい。

「朝食はここに運ばせよう」

「クルーに電話するんですか？　ふたりぶんってことですよね……？」

「もちろん、そうだが？」

あちゃーと頭を抱えてしまう。それじゃあ、『あきつ島』のクルーにバレバレじゃない。わたしたちが同じ部屋で夜を過ごしたって。

だけど、伊織さんはまったく気にしていないみたいだった。素知らぬ顔をしたクルーが用意してくれた朝食を取って、午前中はふたりでぼんやりと後方展望の風景を眺めていた。あんな夜を過ごしたあとで気まずいかと思ったら、意外とリラックスして過ごせてほっとした。

というか、伊織さんがちょっと変。

はたから見たら恋人なんじゃないかと誤解されるほど甘い態度でベタベタしてくるし、恥ずかしいくらいかいがいしく世話を焼いてくれるのだ。

「結菜、コーヒー飲むか？」

「あ、はい」

「コーヒーを淹《い》れるのは得意なんだ。うまいのを淹れてやるから待ってろ」

とろけるような笑顔で、コーヒードリッパーを手にする伊織さん。

知的でクールな容貌と、甘く優しい口調が、正直合っていない。

万事がそんなかんじで、わたしはどういう反応をしたらいいのかわからず戸惑ってしまった。

だって、モーニングコーヒーを淹れるくらいならまだしも、檜風呂にお湯をためてくれたり、浴槽までお姫さま抱っこで運ぼうとしたり。それはさすがに恥ずかしくて、お断りしたけれども。

「だから、大丈夫ですって」

「無理をさせてしまったから心配なんだ。今日も観光があるだろう？」

「そうですね。せっかくなので観光にそなえて、お風呂でゆっくり手足を伸ばさせてもらいますね」

ロイヤルスイートルームには、檜の木で作られた本物の檜風呂がついていた。

本当は昨夜、この檜風呂につられてここに来たはずだったのに、結局入らずじまいだったのだ。

バスルームのドアを開けたとたん檜のいい香りがして、贅沢な気分になる。サイズも家のお風呂と同じくらいで十分に寛げた。

「ふう……」

昨日からの怒濤《どとう》の展開に気持ちを落ち着けたくて深呼吸をする。

そんなところに、ドアの向こうからまた伊織さんの声がした。

「一緒に入ってもいいか？」

「だ、だめです！」

残念そうな伊織さんをなんとかなだめて、ひとりで檜風呂を堪能すると、時刻は昼近くなっていた。


旅程二日目のランチは、軽井沢のフレンチレストラン。

『あきつ島』を下車して、専用バスで森の奥にあるレストランに行く。おいしいランチのあとは、少し散策の時間が取られている。

十月下旬は、ちょうど軽井沢の紅葉のベストシーズンだ。

わたしたちは近くの雲場池《くもば》をぶらぶらすることにした。

雲場池は周囲に遊歩道が整備されている美しい池で、紅葉の名所としても知られている。

「うわあ、綺麗ですね」

よく晴れた空の下、赤や黄色に色づいた木々が澄んだ湖面に映り込んで、とても華やかだった。

「実家は近所なんだろう？　いままで来たことはないのか」

「遊びに来たことはあるけど、ハイシーズンは道や駐車場が混むんですよね。だから、紅葉の時期は来なかったなあ」

「地元の人間は、意外と見に来ないものなんだな」

隣を歩いていた伊織さんがさりげなくわたしの手を取って、指を絡めた。

「あの、えーっと」

これって恋人つなぎじゃない？　手と手が密着していて、少し引っ張っても離れない。

わたしが体ごと距離を取ろうとすると、ぐいっと引き戻される。

まるで独占欲を感じるような仕草に思わず見上げると、伊織さんは強い瞳でこちらを見ていた。

「うちの別荘が軽井沢にあるんだ。もうずっと使っていないが、幼いころはよく遊びに来ていた」

「え？　は、はい」

急に別荘の話をされて、ぽかんとしてしまった。

「まだ母が元気だったころだ。両親そろった夏休みは、軽井沢が最後だったな。数少ない一家団欒《だんらん》の記憶だ」

「そう……なんですね」

わたしを見つめる瞳の強さは変わらないまま、彼は苦笑した。

「この年になって、改めてこんなことを言うのも照れくさいが、俺は家族というものに憧れているのかもしれない。いつか、愛する妻と子どもに囲まれたにぎやかな家庭を作りたい」

「いいですね。素敵な夢だと思います」

家族は、心の真ん中にいるものだもの。いくつになったって、あたたかい家庭を望んでもいいはずだ。

わたしが微笑みながら返事をすると、なぜか伊織さんは緊張したように少し表情を硬くした。

「本当にそう思うか？　短い間だが、俺はきみの――」

「大丈夫ですよ！」

わたしはあえて彼の言葉をさえぎった。

「きっと伊織さんにも運命の人が現れますから」

彼の目から、そっと視線を外す。

昨夜、情熱的に体を重ねた人から、将来の妻子の話をされるのはちょっと切ない。

いくら単なるあやまちの相手だからといって、一夜を過ごした人になんの情もわかないわけじゃない。

けれど、身分違いの好意は、旅先だから許されるんだ。

付き合っていた恋人から手ひどく振られ、傷心を忘れるため『グラントレノ　あきつ島』で旅に出た。そして、非日常の素敵な空間で偶然出会った人と、友達のように打ち解けて、癒やされて。

いい雰囲気になって体の関係を持ってしまったけれど、これはあくまでもアクシデント。

日常に戻って冷静になれば、きっとお互いの立場の違いを思い知ることになる。性格だって、友人ではなく男女関係になってしまうと合わないかもしれない。

だから、だめだ。この気持ちが恋に変わってしまったら、大変なことになる。

わたしはそれ以上、考えるのをやめた。

紅葉の映る池を眺めながら、明るく笑ってみせる。

「前も言ったけど、わたしの実家は小さな温泉旅館を営んでいるんです。祖父母と両親と弟ふたりの大家族で、いつも騒がしいけど楽しいですよ」

「それは、うらやましく思うよ」

彼は拍子抜けしたようにつぶやいた。

「きっと伊織さんにもいずれ、そんな家庭ができますよ」

「きみはどうなんだ？　結婚する気はないの？　俺は……」

探るような小さな声。

池のほうを向いたわたしたちのうしろを観光客のグループが通りすぎていく。見事な紅葉に大きな歓声が上がった。

「え？　なんですか？　ごめんなさい、聞こえなかった」

「いや、なんでもない」

なにか言いかけた伊織さんが、軽くため息をついた。

雲場池を見学しているのは、団体客だけではない。平日だけど休みを取っているのか、社会人らしきカップルの姿もあった。

仲よさそうに腕を組んで遊歩道を歩く恋人たち。

胸の奥がチクッと痛むのを感じた。吹っ切れたつもりだったのに、まだ心の傷は消えていないらしい。

彼氏に浮気をされた時点で気持ちは冷めていたけれど、好きだったという記憶は残っている。幸せだった時期もあったし、別れたからといって一緒にいた時間がなくなるわけじゃない。

こんな苦い想《おも》いは、もうこりごりだった。

周囲の人たちの無責任な好奇心も、わたしから恋人を奪った後輩社員の優越感に満ちた表情も、なにもかもうんざり。

「しばらく、恋はしたくないなあ」

思わず本音が漏れてしまった。

そのとき、恋人つなぎをしていた伊織さんの手がするりと離れた。

「伊織さん？」

「そろそろ戻ろうか」

いままで手なんかつないでいなかったかのように、伊織さんが自然に歩き出していた。彼の背中に、ひらひらと赤いモミジの葉が散りかかる。

湖面をわたる高原の風がさわやかだった。

でも、そのひんやりとした空気が、なぜかさみしかった。自分が望んだ距離感なのに。

ちょっと気まずい雰囲気のまま、列車に戻って二時間後。

軽井沢駅を出発した『グラントレノ あきつ島』は、あっという間に終着駅の上野に到着した。

「東京に戻ってきちゃいましたね」

列車を降りると、湿度の高い空気に包まれる。

東京らしい湿気に、一泊二日の旅が終わったことを実感した。

「それじゃあ、これで。忙しいと思いますけど、体に気をつけてくださいね」

「ああ、ありがとう」

わたしと伊織さんは、『あきつ島』専用の二十一番線のホームで別れた。

彼のプライベートの連絡先も知らないし、次の約束もない。

華やかできらびやかな一夜の夢は、幕を閉じたのだ。

また明日から仕事が始まる。

入社してから何年も繰り返してきた、平凡な毎日。そして、たぶん一年先も二年先も変わらない職場。

会社で待ち受ける物見高い人々を思い出して、少し憂鬱になった。

アパートの近くのコンビニで、ちょっといい缶ビールでも買って、ささやかな日常に帰ろう。

第二章　たった一夜で身ごもるなんて

「結菜、ほんとに大丈夫？　タクシーつかまえる？」

大学時代の友人、真利亜《まりあ》が気遣わしげに顔をのぞき込んできた。

たしかに体調はよくないけれど、仕事が大変で愚痴を聞いてほしいと食事に誘われた立場としては、余計な心配をかけたくない。

「ううん、ちょっとめまいがしただけだから。平気、平気」

レストランを出るとき、貧血でふらりとよろめいてしまったのを彼女に見つかってしまったのだ。

真利亜は、それほど交友関係の広くないわたしとずっと仲よくしてくれているありがたい友達だ。

一月下旬の夜の繁華街は、結構な人出だった。行き交う人々の間をすり抜けながら、ふたりで駅に向かう。

「平日なのに、愚痴に付き合わせてごめんね」

「わたしも気晴らししたかったたし、久しぶりに真利亜と会えて楽しかったよ」

がんばって笑顔を作るわたしに、真利亜は首をかしげた。

「うーん、やっぱり顔色悪いかも。いつも食欲旺盛な結菜が食欲ないのも心配だし、早めに病院行くんだよ？」

「わかってるって。風邪気味なだけだから」

「ストレスもあるんじゃない？　わたしの話ばかり聞いてもらっちゃったけど、結菜もなにかあったら遠慮しないでよ」

「そうだね。ありがと」

いつもそんなふうに声をかけてくれる真利亜に感謝はしているけれど、一番心にのしかかっていることは打ち明けられない。相談するという行為は、相手にも重い気持ちを担わせてしまうということだから、なかなかそこまで甘えられないのだ。

真利亜は、しょうがないなというように肩をすくめた。マフラーのフリンジがかすかに揺れる。

「結菜はかわいく見えて、意外と人に頼れない性格だからなあ。少しはわたしにも心配させてよ」

なんとも答えられなくて、わたしは目をそらしてうなずいた。

駅の改札を入ったところで、真利亜と別れる。住んでいるアパートの路線が別々なのだ。

「さむ」

首に巻いたマフラーを持ち上げて、鼻先まで隠す。

東京は夕方から、雪がちらついていた。夜になって本格的に降ってきたので、久しぶりに積もるかもしれない。

生まれ故郷では積雪も珍しくなかったけれど、東京ではまれだ。明日の朝の通勤電車への影響も考えなければ。

駅のホームで電車を待つ人たちも、心配そうに空を見上げていた。

「はあ……」

ここのところ、ずっと体調が優れない。

天気予報によると、東《ひがし》シナ海で発生した低気圧が日本のそばを通過していて、これから大雪になるらしい。気圧も下がっているようだ。

「全部気圧のせい――だったら、いいな」

頭痛がするし熱っぽい。

そんな具合の悪さの原因を低気圧に押しつけたくなる。

「……だるい……」

ふーっとため息をついて、ホームに入ってきた電車に乗り込んだ。なんとか席が確保できたので、アパートの最寄り駅まで三十分、目を閉じて休んでいこう。

秋、冬、年末年始と忙しく時間が過ぎるのが早すぎて、いつの間にか一月ももうすぐ終わりだ。

クルーズトレイン『グラントレノ あきつ島』の旅から、すでに三か月が経っていた。あの豪華列車であったことすべてが、現実に起きたことではなく、うたた寝の間に見た儚《はかな》い夢のようだった。

エレガントな車両、行き届いたサービス、最高級の食事においしいお酒。

そして、一夜だけ肌を合わせた極上の男。

三十二歳の若さにして藤条グループのトップ。クールで端整な顔立ち。その裏側に優しさと孤独を隠した、魅力的な人。

どこからどう見ても、雲の上の存在だ。

そこまでぼんやりと考えたところで、ふと目を開けると、車窓の向こうに見慣れた駅名が見えた。

「あ、もう着いたのね」

慌てて下車して、人の流れに乗って改札を出る。無意識に駅前のコンビニに寄って缶ビールを買おうとして、はっとした。

「お酒は……やめとこ」

実は、だいぶ前から飲酒を控えていた。

体調が悪かったというのもあるけど、ひょっとしたらという疑念があった。

まさか、そんな馬鹿なことがあるわけない。そう自分をごまかしながら、ここまで来てしまったけれど、もう逃げてばかりもいられない。

わたしは傘を差して、駅の反対側にあるドラッグストアへと向かった。

＊＊＊

翌朝には雪もやみ、いいお天気になった。夜の間に積もった雪も、午前中でだいぶ解けている。

わたしは日陰に残る薄氷を踏まないように気をつけながら、クリニックの玄関ポーチを出てアパートへの道をたどった。

なんだかどっと疲れが出て、途中で見かけた公園に立ち寄る。日向《ひなた》の乾いたベンチを選んで腰かけると、とたんに涙がこぼれた。

「どうしよう」

うすうす予想はついていた。

わりと生理の周期が安定しているほうなのに、もう三か月も来ていない。元カレとの件があって精神的に参っていたとはいえ、さすがにおかしい。

そう思って昨夜、ドラッグストアで買った妊娠検査薬を使ったら、判定窓に現れたのは赤紫色のライン。陽性だった。

今日は金曜日。

平日で仕事はあるけど、それどころじゃなくて。風邪気味だと言い訳して会社を休み、産婦人科を訪れたのだ。

覚悟を決めて診察を受けたのに、予想以上にショックを受けている。

昨日ひと晩考えて、父親のいない子どもを産むなんて、無責任なことはやめようと決めたはずだった。

経済的な余裕もないし、今後収入を得るために役立ちそうな資格やスキルも持っていない。そんなわたしがひとりで、成人するまで子どもを育てられるかどうかは無謀な賭けだ。

けれど、心は激しく揺れていた。

「……動いてた」

医師から見せてもらったエコーの動画。

そこには、小さな、小さな赤ちゃんがいた。

ドップラーという超音波の聴診器をおなかにあてたら、赤ちゃんの心音が聞こえてきたのだ。

胎児は心拍数が多いらしく、ドッドッドッと力強い音が鼓膜に響く。

この場ですぐに中絶の決断をしなければいけないと思っていたのに、なにも言えなかった。

「伊織さん」

久しぶりにその名を口に出してみる。

旅先だからこそ心を通わせることのできた、遠い世界の人。ずっと呼ぶのを自分に禁じていた名前。

妊娠したのは、あの夜しか心当たりがない。

『あきつ島』のロイヤルスイートルームで、列車の振動を感じながら抱き合った、夢のような一夜。

彼は避妊をしていたはずだけど、わたしは低用量ピルを飲んでいない。産婦人科のお医者さんに聞いたら、避妊具をつけていても、それだけでは妊娠してしまう確率が少なくないのだそうだ。

ためらいながら、バッグの中から名刺入れを取り出した。

一番奥にはまだ、あのとき彼からもらった名刺が入っている。

「ええと、これだ。株式会社藤条ホールディングス、代表取締役社長、CEO、藤条伊織、と」

あとは会社の所在地と代表番号、ホームページのURLだけが記されているシンプルな名刺だ。

「相談……したほうがいいのよね」

身ごもったのはわたしだけれど、父親は彼だ。彼にも知る権利はある。

うちの実家は仲のよい家族で、わたしの育った環境からすると、新しい家族を迎えるときにその父親を無視するなんて考えられない。

でも、伊織さんは普通の人じゃない。

大企業の経営者で、独身で。

たぶん、女性に言い寄られるのがすごく嫌いな人。

突然『あなたの子どもができました』なんて連絡したら、どういう反応をされるかしら。

「だけど、ひとりではやっていけない……」

現実的な問題として、協力者は必要だ。ひとりで産んで育てようと決めても、実際には難しいだろう。

同期社員の恋人と破局しただけで、おもしろおかしく陰口を叩かれるような古い体質の会社だ。

いままでどおり働きながら、シングルマザーとしてやっていける？　うしろ指をさされても負けずに、ふたりぶんのお金を稼いで。

わたしは途方に暮れて、小さな名刺の表面を指でなぞった。

伊織さんに拒絶されたら、いっそ田舎の両親を頼ろうか。

でも、東京で働いていた娘が身ごもって帰ってきたら、田舎の狭い世界でなにを言われることか。

「それでも、もう決めたんだし。わたし、ママになるんだから」

そう。あれこれ悩みはしたけれど、心の奥底では決意していた。

わたし、やっぱりこの子を産みたい。

この命をみずから手放すことは考えられなくなっていた。

平らなおなかをそっとさわってみる。

まだなにも感じないけれど、ここに赤ちゃんがいるんだ。この子のために強くならなくちゃ。

スマートフォンを取り出して、名刺に印刷されている代表番号の数字を打ち込む。

通話ボタンをタップする指が震えた。

すぐに先方から応答があった。

『お待たせいたしました。藤条ホールディングスでございます』

「あ、あの」

『お電話ありがとうございます。お名前とご用件をうかがえますでしょうか』

受付の女性のなめらかな対応に気後れしながら名乗った。

「わたくし、浅野結菜と申します」

『はい、浅野さま。どのようなご用件でしょうか』

「ええと、社長の藤条伊織さんにお取り次ぎいただけませんか。名前をお伝えいただければ、おわかりになると思うのですが」

いや、だめだ。口に出してから、これではものすごくあやしいと自覚した。

当然、受付の女性は困ったように問い返してきた。

『御社のお名前をいただけますか』

「は、はい」

万が一勤務先の会社に連絡が行ってしまったらまずいので、笹井田商事の社名は言えない。

苦肉の策で実家の旅館の屋号を伝えた。

「長野県にございます浅野屋旅館です。いつもお世話になりまして、ありがとうございます」

いつもお世話になっているような実績なんてなにもないが、いまは伊織さんがわたしや実家の温泉旅館を覚えていると信じよう。

『浅野屋旅館の浅野さま、承知いたしました。まずは、わたくしのほうで代わりにご用件をおうかがいします』

「はい、あの……できれば早めにご連絡をくださいとだけ、お伝えいただければと存じます。連絡はこちらの携帯までお願いします」

携帯の電話番号を伝えて、電話を切る。それ以上、具体的なことは言えなかった。

このいかにもあやしげな伝言が、伊織さんのもとまで無事届くのかどうかはわからない。

大きな会社だもの、毎日たくさんの営業や迷惑電話のような問い合わせも来るだろうし、いちいち社長まで伝えていたらきりがないだろう。

それに、いっそ伝わらなくてもいい気がしてきた。

伊織さんの反応が怖くて、不安だった。

「でも、いま、考えてもしょうがないわよね」

吹っ切るように頭を振ってベンチから立ち上がり、公園を出る。食欲はないけれど、コンビニでサンドイッチだけ買って、アパートに戻った。

そのあとなんだか眠くてしょうがなくて、せっかく買ったサンドイッチも食べず、まだ日が高いうちに寝てしまった。


目が覚めたときには、とっくに暗くなっていた。カーテンを閉めていなかったので、街灯の光が室内に差し込んでいる。

ベッドに横たわったまま、ぼんやりと部屋を見まわす。

六畳のワンルームに、キッチンとユニットバス。築浅《ちくあさ》なので小綺麗だけど、狭いことは狭い。

三階建ての三階で、日当たりがいいのが決め手でここにした。だけど、低層のアパートにはエレベーターがない。

いまは問題ないけれど、これからおなかが大きくなったら、このまま住みつづけられるだろうか。

でも、引っ越しをするのにも、物件を探さなければならないし、そのための準備とお金が必要だ。

妊娠した体で、全部ひとりでできるのかしら。

不安が込み上げて、また泣きそうになったところに、大きく着信音が響いた。

「わっ」

びっくりしてスマートフォンを取り損ね、床に落としてしまう。

カーペットの上に転がったスマートフォンの画面が明るく光る。そこに表示された着信表示は、見覚えのない番号だった。

どきどきしながら電話に出ると、ひどく懐かしい声が聞こえた。

『結菜？　結菜なのか？』

いつもクールに落ち着いていた低い声は少しだけ早口で、慌てているような印象だ。

でも、記憶の中と同じように、その声はちょっと甘くかすれている。

約三か月ぶりの伊織さんの声だった。

「はい……。メッセージが伝わったんですね」

『ああ。電話、ありがとう。うれしかったよ。ずっと連絡を取りたかったんだが、迷惑かと思っていた』

「迷惑？」

『あの日、俺とはもう、かかわりたくなさそうだったから』

あの日というのは、『グラントレノ　あきつ島』を降りて上野駅のホームで別れたときのことだろう。

でも、なんで？　わたし、かかわりたくないなんて言ったかしら。

『それよりも、なにか話があるんだろう？　いま、どこにいる？』

「自宅ですけど」

『急ぎだと聞いたんだが、これから行ってもいいか？』

「えっ？　ええ⁉」

さすがにそれはまずい。心の準備も、部屋の片づけもできていない。

「あの、もう遅いので、その」

スマートフォンの向こう側で、伊織さんが苦笑する気配がした。

『そうか、たしかに遅い時間だった。すまない。気がせいてしまって』

「そんなに慌てさせてしまって、ごめんなさい」

『いや、そういう意味じゃないんだが』

「わたし、伊織さんと会ってお話ししたいことがあるんですが……近々お会いできませんか？」

『もちろん、喜んで。ただ、まとまった時間が取れるのは、一週間後になってしまいそうだ』

「はい。では、来週の金曜日に。仕事が終わってから、伊織さんの会社へうかがえばいいですか？」

『そうだな。それが一番早いかもしれない』

久しぶりに聞いた伊織さんの声は優しかった。

『楽しみにしている、結菜』

あの夜、耳もとで何度も呼ばれた名前をスマートフォン越しにささやかれて、切なくてたまらなくなった。

再会の約束を喜んでくれている様子の伊織さん。でも、妊娠のことを打ち明けたら、どうなってしまうんだろう。

ローテーブルにスマートフォンを置いて、ため息をつく。

ふと見たら、クリニックからの帰りにコンビニで買ったサンドイッチがぽつんと置かれていた。ビニールの包装を取ると、乾いてパサパサになっている。

とりあえず全部食べたけれど、最後には気持ち悪くなった。

＊＊＊

それから土日を挟んで週明けにかけては、体調が最悪だった。ストレスもあるのか、急につわりが重くなってしまったのだ。

食べ物のにおいに敏感になって、炊飯器でご飯が炊けなくなった。でも、風邪を引くのが怖くて、ろくに換気もできない。ただ吐き気をこらえて横になり、時間が過ぎるのを待つ。

なんとか月曜と火曜は出社したけれど、ついに水曜、木曜は、風邪がまた悪化したと嘘をついて会社を病欠してしまった。

そして、金曜日。

這《は》うようにして出社して、退勤時刻の十七時まで必死に業務をこなす。いかにも具合が悪く見えたのか、それとも不機嫌だと思われたのか、この日わたしに話しかけてくる人はほとんどいなくて助かった。

ようやくやってきた、約束の夜。わたしはふらふらしながら、藤条ホールディングスの本社がある大手町《おおてまち》に向かった。

地下鉄を乗り継いでたどり着いた藤条ホールディングス本社ビルの周辺は、華やかなイルミネーションで飾られていた。輝く光に彩られた巨大な建物のエントランスから、コートに身を包んだ大勢の会社員があふれ出てくる。

ふとその人波が、左右に分かれた。

人々は足を止めて、エントランスの階段を下りる背の高い男性に注目する。

「伊織……さん?」

圧倒的な存在感でこちらへ歩いてくるのは、日本でも有数の大企業である藤条ホールディングスのトップ、藤条伊織さん。

『クルーズトレイン　あきつ島』の旅で出会ったときも、俳優やモデルのようにかっこよかった。

けれど、大企業の本社が集まる大手町の真ん中では、もっと迫力を感じる。トップエリートのオーラのようなものが全身から放たれている。

一瞬具合の悪さも忘れて見とれていたら、大股で近づいてきた伊織さんが柔らかく微笑んだ。

「結菜、久しぶりだな」

「はい、今日は突然申し訳ありません」

「また会えてよかった」

彼の言葉に周囲がざわめいた。

雰囲気に圧倒されてぼーっと立ち尽くしていたけれど、まわりの反応を見て、はっと気づく。

こんなところで親しげな会話をしていたら誤解されてしまうかもしれない。藤条ホールディングスの独身社長が、本社の前で女性と仲よく話していたなんて、スキャンダルの格好のネタだ。

「あの、場所を変えてお話ししたいのですが」

「車を用意している。あまりかしこまったところもどうかと思って、よく行くフレンチレストランを予約したんだが、そこでいいか？」

「え、あ、はい、フレンチ？」

カフェにでも入って話すつもりだったので、ちょっとびっくりした。

しかも伊織さんがわたしの肩を抱いて、車のほうに連れていこうとするので、さらに驚く。

「気楽にワインが飲みたいときに行くレストランなんだ」

周囲の目も気にせず、甘い笑顔を見せる伊織さん。

彼の意図がわからず戸惑った。

人前でこんなにスキンシップをしてしまって大丈夫なのかしら。でも、もしかしたら海外流の社交術なのかも？

わたしは英文学部の出身だけど、ごく普通の女子大生で、短期の旅行以外に海外経験はない。伊織さんなら外国へ留学していてもおかしくないし。

そのままエスコートされて連れていかれた藤条ホールディングス本社の車寄せには、大型の黒いセダンが横づけにされていた。

国内自動車メーカーの最高級車の運転席には、すでに人が乗っている。

「あれは、運転手さん？」

「社長車だからな」

車を降りて、わたしのためにドアを開けてくれた運転手さんに向かって、伊織さんが命じる。

「西麻布《にしあざぶ》の例のレストランへ行ってくれ」

藤条ホールディングスの社員たちが見守る前で、わたしは伊織さんとともに社長車に乗り込んだ。

想像もしなかったような派手なことになってしまって、冷や汗が止まらない。でも、こうなったら、彼についていくしかない。

否応《いやおう》なしに覚悟を決めたわたしを乗せて、社長車は静かに進んでいく。大きな車なのにほとんど揺れないし、とても静かだ。車自体はもちろん、もう初老と思われるベテランの運転手さんの腕もいいのだろう。

車は西麻布の路地裏で停まった。

伊織さんが連れていってくれたのは、知る人ぞ知る隠れ家のようなモダンフレンチのお店だった。

レストランの前で、わたしはまたもや立ち尽くす。

「わたし、こんな会社帰りのスーツでいいのかしら」

思わずつぶやいたのは、レストランの外観が浮世離れしていたからだ。

人々の行き交う大通りから敷地内に一歩入ると、木立に囲まれた小道がある。その奥に隠れるようにして、小さな洋館みたいな建物があった。

とても、ここが都心だとは思えない。ヨーロッパの郊外だと言われても信じてしまいそうだ。

伊織さんはわたしの背中をそっと押して、中にエスコートしてくれた。

「気にすることはない。見た目よりカジュアルな店だから」

出迎えてくれたのはレストランの支配人で、そのまま奥に案内される。通されたのは、ふたり用の個室だ。

「……すごい」

内密の話をするのに個室なのはありがたいけれど、そこはわたしがこれまでに利用したことのある『レストランの個室』とはまったく違っていた。

「アクアリウム？」

目の前に、なんと大きな水槽があった。

壁の一部分がアクリルガラスになっていて、さまざまな種類の水草が揺らめき、色鮮やかな熱帯魚が泳いでいる。水槽を眺められる位置にテーブルがあり、美しい水中の箱庭を楽しみながら食事ができるのだ。

とても伊織さんの言うような、カジュアルな店とは思えない。

でも、大人の隠れ家でありながら、少年の秘密基地のようなわくわく感もあって、伊織さんにはよく似合っていた。

真っ白なクロスの敷かれた四角いテーブルに、伊織さんと向かい合って座る。やや暗めの照明の下で、彼がわたしを見つめて微笑んだ。

「まずは軽めの赤ワインでいいかな。それともシャンパン？」

「あ……実はいま、お酒はやめていて。オレンジジュースをお願いできますか」

アルコールを断ると、伊織さんが怪訝《けげん》そうな顔をした。

「結菜はたしか、酒が好きだったよな。酔っ払った姿がかわいかった」

「ええっ⁉ かわいくなんかないです。あの、その節はご迷惑をおかけしてすみませんでした」

「そういえば、あまり顔色がよくないな。もしかして、なにか病気でも？ その相談だったのか？」

伊織さんはさっと青ざめて、眉間にしわを寄せた。

「ち、違います。病気じゃないです」

「それならいいんだが……」

そのとき、ノックの音がして、ギャルソンが入ってきた。

落ち着いた壮年の男性で、一礼してから丁寧にメニューを説明してくれる。

「オードブルはアンディーブと生ハムのフロマージュ・ブラン・ソース、ハマグリのカプチーノ仕立て、彩り野菜のムーステリーヌ、メインは肉料理と魚料理をご用意しておりますが――」

ふだんならうきうきしてテンションが上がるところなのだけれど、聞いているうちに気もそぞろになってしまう。肉とか魚とか、しばらく口にしていないんだけど、食べられるかな。

徐々に不安が大きくなったせいもあるのか、前菜が運ばれてくるころには、本格的に気分が悪くなってしまっていた。

つわりがひどくて、やっぱり食事どころではない。

「結菜、本当に大丈夫か？」

伊織さんがテーブルの上の皿を端に寄せて、わたしの手を握ってきた。心配そうに顔をのぞき込んでくる。

彼がわたしを気遣ってくれる表情は本物に思えた。

立場的には雲の上の存在だけれど、『あきつ島』では気さくな優しい人だった。その印象は再会してからも変わらない。

驚かれたり、いやな顔はされたりするかもしれないけど、罵倒されることはないはずだ。

大丈夫よ、結菜。

いまこそ勇気を出さなくては。本当のことを言うんだ。

ためらいを振り切るため、伊織さんにまっすぐ目を向ける。

「伊織さん、お話があります」

彼もわたしの真剣さを感じたのか、無言でうなずいた。

「びっくりすると思うけど、わたし……」

伊織さんはわたしの目を見つめて、二、三回ゆっくりとまばたきをする。

うん、できるだけ、冷静に話そう。まずは、事実をはっきりと認識してもらうことからだ。

深く息を吸い込んで、ゆっくりと吐く。

「わたし——おなかに、赤ちゃんがいます」

彼はわたしを凝視したまま、彫像のように固まってしまった。テーブルの上で重ねられた手も、ぴくりとも動かない。

わたしは、かすかに震える声で告げた。

「……あなたの、子です」

ついに、言ってしまった。

伊織さんの反応が怖くて、顔を上げていられない。

握られた手を引こうと思うのに、自分の体じゃないみたいに動かせなかった。

そのうち、冷静でいようと決めていた気持ちに反して体が震えてくる。伊織さんの大きな手のひらに包まれた手も小刻みに震えて、止まらない。

思わず泣きそうになったとき、伊織さんがわたしの手をぐっと強く握った。

こわごわ顔を上げると、まだ呆然としている目がこちらを見つめていた。

突然の話で、言葉が見つからないのかもしれない。彼の形のいい唇が一回開いて、また閉じる。

わたしは半泣きの小さな声で訴えた。

「『あきつ島』の……あの夜、妊娠してしまったみたいで」

ごくりとつばを呑《の》み込む伊織さん。

「それは、たしかなのか？　俺はコンドームをつけていたはずだが」

「産婦人科に行って検査しました。先生が、避妊していても、できてしまうことがあるって」

ぼそぼそとしたわたしの声に、伊織さんが集中しているのを感じる。

彼はもう一度わたしの手を強く握ると、硬い声で言った。

「本当に俺の子なのか？」

「そんな」

頭がぐらぐらするほど、ショックだった。

ほかの男性との間の子どもを、伊織さんの子だと偽ったと思っているの？

信じてもらえないかもしれないと想像してはいたけれど、実際に疑われると想像以上に心が痛い。

「わたし、前の恋人と別れてから、だれともお付き合いしていません。あなたをだまそうなんて……」

とうとう涙がこぼれた。

伊織さんが息を呑んだ瞬間に手を引いて、バッグからハンカチを取り出す。こんなみじめな泣き顔なんて見られたくない。

ハンカチで顔を覆ったわたしの耳に、彼の深いため息が聞こえた。

「すまない。そういう意味じゃないんだ」

伊織さんは困り果てている。

困るのも当然だ。こんな素敵な人なんだもの。女性が放っておかないだろうし、立場上ハニートラップ的なことも警戒していたみたいだし。もちろん仕事関係でもたくさん縁談が来ているはずだ。

避妊に失敗したからといって、わたしのような平凡でなんの取り柄もない女との結婚なんて考えられないだろう。

誤解を招かないように、これだけは言っておかなければ。

「このことで、伊織さんに結婚を迫ろうなんて思っていません。でも、おろすこともしません。ただ、わたしは赤ちゃんを……」

そこでまた涙があふれてしまった。

言葉に詰まりながらなので、聞きづらいかもしれないけれど、なんとか自分の気持ちを伝えたい。

「わたし、赤ちゃんを産みたくて。それをあなたに、報告しておきたかっただけなんです。ご迷惑はおかけしませんから」

「そうはいっても、経済的な援助や父親の認知は必要だろう」

「それはそうなんですけど……お金目当てとかじゃないんです」

眉をひそめる伊織さんに、やっぱりいやだったんだと落ち込んだ。

喜んでくれるとは、もちろん思っていなかった。けれど、あの旅がよい思い出だったぶん、結局わたしも彼の地位や財産目当ての欲深い女性たちと同じだったのか、と失望されるのがつらい。

伊織さんは、気持ちを落ち着かせるように赤ワインをひと口飲んだ。

「俺はまだ、結婚も子どもを持つことも、具体的には考えていなかった」

「はい」

「きみに嫌われてしまったのかもしれないとも思っていたしな」

少しふざけるように口もとをゆるめる伊織さん。

嫌われているって、なんのこと？

それに、わたしに嫌われたから、どうだっていうんだろう。冗談を言うことで、自分を取り戻そうとしているのかな。

突然こんな爆弾のような話を投げつけておいてなんだけど、伊織さんを追いつめたかったわけではない。

「わたし、やっぱり田舎に戻って、両親の協力を仰ぐことにします。怒られるかもしれないし、心配されるとは思うけど……最終的には迎え入れてくれると信じていますから」

話しているうちに、だんだん自分の気持ちが固まってきた。

「こちらでなんとかしますので、父親としての認知も結構です」

将来子どもが藤条家の相続争いに巻き込まれるのも大変だし、伊織さんといつか結婚するお嬢さんのためにも、彼の戸籍に傷がないほうがいいだろう。

小さな田舎町の人の目は厳しいだろうけど、この子のためにがんばろう。

ふたたび顔を上げると、伊織さんは目を見開いて驚いていた。

「きみは……そんなにいやなのか？」

「なんのことですか？」

驚愕《きょうがく》の表情を浮かべた彼の顔が、次第に硬く強《こわ》ばっていく。

「それほど、俺と結婚したくないというんだな」

「はい？」

「わかっている。結菜が家族思いであることも、両親から大切にされていることも。家族がいれば、俺は必要ないのだろう」

「え……？」

「俺は家庭のあたたかさを知らない。そんな人間では、きみにふさわしくないのかもしれない」

伊織さんはなにを言っているの？

真意がわからず戸惑っていると、伊織さんが急に立ち上がった。

そして、わたしが座っている椅子の横に来て、片ひざを立ててひざまずく。

「結菜、結婚しよう」

「は……はい⁉」

びっくりして椅子から落ちそうになった。

まるで昔の外国の映画みたいなプロポーズ。その言葉だけ聞けば、ロマンチックなシチュエーションのようだけど、これは変だ。

わたしが身を引きますと言っているのに、どうして伊織さんが結婚を申し込んでくるの？

伊織さんはひざまずいた姿勢のまま、わたしの手をつかんだ。

彼の唇がそっとふれる。

指先への、ひそやかなキス。

その仕草は優しくて紳士的だけれど、対照的に伊織さんの口から出た言葉は乱暴で強引だった。

「俺との子を妊娠しているなら、ちょうどいい。最近、周囲の人間から結婚しろとうるさく言われて、困っていたところだったんだ」

秀麗な顔を少し歪めて、シニカルに笑う。

「いわば、契約の結婚だ。それなら、きみも納得できるだろう?」

「契約って、どういう意味ですか?」

「子どものためを思ったら父親がいたほうがいいし、金銭面での心配もなくなる。一方で、俺は結婚を望む周囲のプレッシャーから解放される。これなら、対等な取引じゃないか?」

早鐘のような鼓動が収まらなくて、わたしはひざまずく伊織さんをただじっと見ていた。

本心をうかがわせない、硬く引きしまった表情。

わたしをまっすぐ見つめる視線は強く、迷いがない。

きっと伊織さんは、この短い時間でいろいろな計算をしたのだろう。その結果、不本意な形であっても、この状況を最大限に利用しようと決めたのだ。

「結婚しよう。それが最良の選択だ」

「……わたしは……」

急に、ひどく切なくなった。

愛のない結婚。

田舎の実家みたいなあたたかい家庭を作るのが、ずっと理想だった。いつもにぎやかで、笑顔が満ちた家。愛情にあふれた、宝物のような家族。

もちろん伊織さんと一緒になれば経済的には安定するだろうけど、その理想を捨てて、赤ちゃんとふたり、幸せになれるのだろうか？

それでも、やっぱり子どものためには、実の父親がいたほうがいいのかもしれない……。

気持ちが揺らぐ。苦しくてたまらない。

「……わかりました」

わたしは『あきつ島』で初めて出会って、一泊二日の旅をともに過ごした伊織さんに好意を持っていた。

もちろん、最初は気の合う友人としてだ。

大企業の社長と、中小企業の平社員。だれもが振りかえるような一流の男と、平凡きわまりない女。

そんな垣根が気にならなくなるくらい話のテンポが合って、笑顔になれた。

一緒にいるとリラックスできるのと同時に適度な緊張感があって、その感覚も心地よかった。

「わたし……」

あの日、手と手がふれたり、涼やかな瞳でじっと見つめられたりすると、胸の奥がきゅっとなって少しだけ苦しくなった。

ずっと考えないようにしていたのに、こんなときに気づいてしまった。

この苦しさは、ただの好意なんかじゃない。

彼に抱かれてから、一気に深まってしまった想い。

つらいのは、彼を求めているからだ。もっと一緒にいたい。もっとこちらを見てほしい。もっと、愛してほしいって。

旅の終わりに、無意識のうちに封じ込めてしまっていた。

わたし、気づかないうちに、伊織さんを好きになっていたんだ……。

こんな気持ちのまま、伊織さんと愛のない夫婦になるのは、たぶん苦しさが増すだけだろう。

わたしは覚悟を決めて、顔を上げた。

「――契約のプロポーズをお受けします」

子どもに父親の思い出をあげたい。その思いはもちろんあったけれど、それだけではなかった。

取引としての結婚でもいいから、そばにいたいと思ってしまった。苦しくてもつらくても、かりそめの妻としてであっても、この人のそばにいたい。

冷たく見えるほど硬い表情だった伊織さんが、薄く微笑んだ。

「結菜、ありがとう」

「その、なんて言ったらいいのか……こちらこそありがとうございます。よろしくお願いします」

「ああ。たとえ契約結婚でも、できるだけきみが快適に過ごせるようにする」

わたしもちょっとだけ笑ってしまった。

取引だなんて冷笑するから、伊織さんが変わってしまったようで怖かったけれど、やっぱり彼は悪い人じゃない。

一回関係を持っただけの女に突然妊娠を告げられて、彼だって青天《せいてん》の霹靂《へきれき》だっただろうに、誠意を見せようとしてくれている。

わたしも努力しよう。恋とか愛とか、そんな次元ではなくても、彼が少年のころ得られなかったあたたかい家庭を作れるように。

伊織さんの顔にも少し穏やかさが戻ってきていた。

「きみの体調不良は、もしかしてつわりなのか？」

「はい、そうだと思います」

「じゃあ、ここに連れてきてしまって悪かったな。外に出たほうがいいか」

「ごめんなさい。最近あまり食べられなくって。外の空気を吸ったら、少しは楽になるかも」

伊織さんに手を取られて立ち上がる。

せっかくの食事を途中でキャンセルしてしまったことを支配人に謝ると、逆に申し訳なさそうに体調を心配された。料理のせいではないと重ねて謝ってから、クロークに預けてあったコートを着せてもらって玄関を出る。

皮膚にしみてくるような冷たい冬の空気が気持ちよかった。

深く息を吸って、呼吸を整える。

どこかに電話をしていて少し遅れて来た伊織さんが、わたしの手を彼の腕にかけて寄りかからせてくれた。

「少しだけ歩いても平気?」

「ええ」

エントランスの小道から表通りに出て、二、三分歩いて立ち止まる。

そこにはシャッターを下ろしている最中の店があった。

大きなガラス窓の向こうには、華やかなネックレスやイヤリングが展示されている。ジュエリーショップみたいだ。

従業員用の出入り口が開き、そこから出てきた店長さんが、恭しく伊織さんに頭を下げる。

もしかしてさっき彼が電話していた相手は、この店長さん？

「伊織さん、これは……？」

「すぐに終わるから。そのあと、家まで送る」

「え？　ええ」

閉店間際のジュエリーショップに、いったいなんの用があるの？

狐《きつね》につままれたような気分で、わたしは伊織さんと一緒に、ゴージャスなジュエリーショップの奥まった一室に通されたのだった。

藤条伊織の執着

一生大切にしたい女性への指輪を購入するのなら、スズモトジュエリーと決めていた。

三十数年前、父が母に贈った婚約指輪と結婚指輪が、スズモトジュエリーのものだったからだ。

俺が小学校に上がるか上がらないかのころに、母が病死した。

母の指輪は父が形見として手もとに置いた。父が深夜の書斎でひとり、指輪を眺めていた姿を覚えている。

父が亡くなったいま、その指輪がどこにあるのか、俺にはわからない。

数多《あまた》の再婚話を持ちかけられても、ずっと独り身でいた父。ふたたび母に渡すため、指輪をあの世に持っていったのかもしれない。

スズモトジュエリーの貴賓室で指輪を試着する結菜を見つめながら、俺は柄にもなくそんなロマンチックなことを考えていた。

「そのハート形の石は、結菜によく似合っているよ」

プラチナの台座に輝くかわいらしいデザインのダイヤモンドは、結菜の愛らしさを引き立てている。

感じたままにそうほめると、彼女は困ったように首をかしげた。

「とても素敵ですけど、こんなのいただけません」

「どうして？　サイズもよさそうだし、スズモトジュエリーは世界的に著名なジュエリーブランドだ。品質は安心していい」

「いえ、そういう意味じゃなくて」

困惑する結菜もかわいい。

おそらく突然プロポーズされ、実感がわかないままジュエリーショップで指輪を買うという流れに戸惑っているのだろう。

けれど、絶対に受け取ってもらう。

彼女を説得するために契約の結婚だと言ってしまったが、俺は純粋に彼女へ愛の証《あかし》を贈りたい。そしてそれ以上に、彼女を逃がさないための計算があった。

義理堅い彼女のことだ。

あとで我に返って、結婚を思い直そうとしても、指輪がひとつの枷《かせ》になるだろう。

ほかの男へのけん制にもなるし、一石二鳥だ。

「簡単なもので申し訳ないが、誓いの指輪だ。婚約指輪や結婚指輪は、いずれ銀座《ぎんざ》の本店に注文してきちんとしたものを贈る。とりあえず今回は、約束をたがうことはないという証だと思って受け取ってほしい」

「ええ⁉　これだけじゃなくて、婚約指輪に結婚指輪？　こんな高価なもの、そんなにたくさんいりませんよ？」

「じゃあ、ひとまず妊娠のお祝いと思ってくれないか」

なんとか初戦を突破すれば、あとはなんだかんだと理由をつけて贈り物ができるようになるだろう。最初が肝心だ。

結菜は悩みながら、左手の薬指にはめたダイヤモンドの指輪を見つめる。

「うーん……わかりました。じゃあ、今回はありがたくいただきますね。でも、本当にこれだけで十分ですからね」

俺を見上げて、子どもにめっとするように軽くにらむ結菜も、また愛らしい。

一週間前、長野県の浅野屋旅館から電話があったという伝言を秘書から受け取ったとき、奇跡だと思った。

結菜だ。すぐにわかった。

浅野結菜。『グラントレノ　あきつ島』で偶然出会った、俺の運命。

たった二日間一緒に過ごしただけの女性だが、彼女が特別な人だということはじきに気づいた。

一目惚れに近かった。

それでも、初めて『あきつ島』の展望車で見かけたときには、単にかわいい子だなと思っただけだった。

派手な顔立ちではないが、艶のあるセミロングの髪に白い肌、大きな目が印象的だ。実際には二十八歳だったが、わりあいに童顔で、二十代前半の清純でおとなしそうな女性に見える。

だが、彼女は俺のカメラバッグにつまずき、謝罪のためにプライベートの電話番号を書いた名刺を差し出してきた。それで俺は、この女もやはり出会い目当てだったのかと失望したのだ。

ところが、それは間違いだった。

俺に疑われた結菜の挙動不審な様子は、いま思い出してもおかしい。彼女は混乱した子犬のように、きょろきょろとしていた。

そのうえ、あろうことか結菜は、『わたし、あなたに興味なんかありません！』と大声で叫んだのだ。

女性に正面から『興味がない』と啖呵《たんか》を切られたのは、さすがに人生で初めてだった。

逆に興味がわいた。男として全否定されたようなものなのだが、結菜の素朴な態度を見ていると、ずっと張り詰めていた気が抜ける。

父親が亡くなってから一年。

唯一の正統な後継者であるとはいえ、まだ若造の俺に不満や不安を抱くものは多い。会社の内外にうごめく海千山千《うみせんやません》のやつらを相手に、俺は侮られないよう懸命に戦ってきた。

結菜に飾らない笑顔を向けられると、その緊張がほどけた。

もちろんいままでも、付き合ってきた女性がいなかったわけじゃない。

だが、これまで近づいてきた女性はみんな、俺が藤条家の後継ぎだということを意識していたし、経済的な見返りを期待していた。正直、俺はそういう女性たちにうんざりしていた。

そんな事情は、たぶん結菜も俺の態度から察していただろう。でも、多少気後れしながらも、結菜はほがらかに笑ってくれた。

『もう、開き直ることにしました。せっかくの『あきつ島』なんだから、いまは役職いたずらっ子のように微笑む結菜に、俺はどんどん惹《ひ》かれていった。女性と過ごしていて、これほど楽しかったのは初めてだ。

『あきつ島』を降りてからも付き合いを続けるつもりでいた俺は、結菜が興味を持ちそうなロイヤルスイートルームの後方展望や檜風呂の話を持ち出して部屋に誘い、そのまま彼女を抱いた。

ところが、一夜をともにしても、結菜は俺との未来を考えてはくれない。

『きっと伊織さんにもいずれ、そんな家庭ができますよ』

それは、別の女と家庭を作れということか？

『しばらく、恋はしたくないなあ』

俺は、結菜の恋の相手にはなれないのか……。

考えてみれば、結菜は自分の育ってきた家庭を理想としている節があった。

のどかな田舎町。仲のよい家族——祖父母、両親、子ども時代の結菜や弟ふたりで力を合わせて営む、小さな温泉旅館。

結菜の様子を見ていると、容易に想像できる。きっと笑いの絶えないあたたかい家庭だったのだろう。

それは、俺には縁のない世界だ。

母親を早くに亡くし、父親は仕事に対しては有能だったが、子どもには不器用だった。

広い家で、俺はいつもひとりでいた。家が笑顔で満ちていたのは、母が病に倒れるまで。まだ四、五歳だった俺に『あたたかい家庭』の記憶はほとんどない。

そんな生活が当たり前だと思っていたので、とくに気にはしていなかったが、たしかに心の奥底には憧れがあったのだろう。

結菜がする家族の話は、俺にとっては、まるで映画のスクリーンの中の出来事だ。結菜への想いは、彼女からにじみ出る家庭のあたたかさへの憧れも含まれていたように思う。

そういう女性は、俺みたいな本当の愛情を知らない人間と、人生をともにしたいとは考えないのかもしれない。

だから、上野駅で別れたときは、結菜をあきらめようとした。だが、日が経つにつれ、彼女を思い出すことが増えていった。

一緒にいてほっとする得がたい女性だった。結菜がくれたやすらぎと癒やしの時間を忘れられない。

彼女は恋人に裏切られた直後で、ひどく傷ついていた。

時間が経てば、また恋をする気になるはずだ。そうしたらもう一度、俺にもチャンスを与えてもらえるのではないか……？

そう思って、俺は時を待った。

そして、そろそろ連絡をしようかと思っていた矢先に、結菜から電話が来た。それがまさか、あの夜に身ごもっていたという驚くべき知らせだとは思ってもみなかったが。

「ようやく再会できたな」

スズモトジュエリーからひとり暮らしのアパートまで送りながら、後部座席で隣に座る彼女を見つめる。

思いがけない妊娠に驚き、途方に暮れたことだろう。ずっとひとりで抱え込んで、悶々《もんもん》と悩んでいたに違いない。俺に連絡をして打ち明けるのにも、相当な覚悟が必要だったと思う。

疲れ切った彼女は、うとうととまどろんでいた。

「結菜……」

抑えたつもりだった声が耳に届いたのか、結菜は少し目を開けた。

「……なんですか?」

「いや、まだ着かないから休んでいていいよ」

「ん……」

俺の肩に寄りかかって、ふたたび目をつむる。結菜の寝ぼけた様子がかわいくてたまらない。

車が住宅街に差しかかったとき、一瞬窓の外をなにかが横切った。夜空を飛んでいた野鳥が、住宅のブロック塀に降りてきたようだ。

そういえば、結菜に鳥からかばってもらったことがあった。

『あきつ島』の下車観光で、笹川流れの遊覧船に乗ったときのことだ。船上の餌やりイベントで、カモメの大群が船に群がってきたのだ。

この年になって情けないことだが、俺は鳥が苦手だ。

幼いころのトラウマで反射的に硬直してしまった俺を、結菜は馬鹿にせず心配してくれた。

『大丈夫。カモメが襲ってきても、わたしが全部引き受けますから』

勇ましい口調で言った結菜は、カモメの餌を使い切り、からっぽの紙コップを俺に見せた。

その頼もしい様子が微笑ましくて——まぶしかった。

情が深くて純粋で、けなげで思いやりもあるけれど、子どもを抱えてひとりで生きていこうとする強さもある。

俺に寄りかかって、無防備に眠る彼女の寝息を感じながら、改めて決意を新たにした。

こんなに素晴らしい女性の隣にいるのが、俺のような男では釣り合わないかもしれない。妊娠しなければ、結菜からは連絡をしてこなかった可能性が高いし、夫として望まれていないのは明らかだ。

だが、彼女のおなかには俺の子がいる。俺にはふたりを守る権利がある。義務ではない。権利だ。

これからは、もう絶対ひとりにしない。この数か月、心労をかけてしまったが、二度とこんな苦労はさせない。

「社長、浅野さまのご自宅に到着しました」

運転席から静かな声がした。

結菜の寝顔に見とれていた俺は、はっとして顔を上げた。

東京都の二十三区内ではあるが、人通りがまばらで庶民的な住宅地だ。同じような形の小さなアパートが並んでいる。

「着いたよ、結菜。起きられるか?」

「……んん。着いた?」

「ああ、きみのアパートだ」

「もう少し寝かせて……」

彼女はむにゃむにゃとつぶやいて、また眠ってしまった。

それから十分ほどして目覚めた結菜は、最初ぼんやりとまわりを見まわしていたものの、やがて自宅の前にいるということに気がつき動揺して叫んだ。

「あれ? いつ着いたんですか? 起こしてくれればよかったのに!」

「くっ、起こしても起きなかったんだ」

思わず笑ってしまう。

彼女がなにをしても愛《いと》しく感じる。俺の恋は、いつの間にかかなり重症化していたようだ。

俺は道すがら考えていたプランを明日から実行することにした。

「結菜、一週間待ってくれないか? 準備を整えて、必ず迎えに行く」

「はい?」

「だから、その間は絶対に無理をしないでくれ」

「準備ってなんです？」

「きみはなにも心配しなくていい」

「はあ……」

きょとんとして俺を見つめた彼女は、ぽつりとつぶやいた。

「伊織さんって不思議な人ですよね」

「不思議なのは、きみのほうだ」

「前も話したけど、わたしはごくごく普通だと思いますよ」

大きな目をまたたかせて首をかしげる仕草にたまらなくなって、俺は彼女の頬に口づけた。

「い、伊織さん⁉　運転手さんがいるのに」

「気にするな」

突如として俺の前に現れ、あっという間にだれも入れたことのない心の奥へと入り込んだ不思議な女性。

始まりは契約の関係だったとしても、いつかは本当の夫婦になりたい。

彼女と一緒にあたたかい家庭を築きたい。

家庭に恵まれていたとは言えない俺が、どうしたら彼女と子どもを最高に幸せにできるのか。

俺は結菜の赤くなった頬をなでながら、頭の中で今後の計画を練っていた。

第三章　すれ違いの新婚生活

過保護な婚約者

「たしか営業二課の浅野さんって、一課の小平《こだいら》さんと付き合ってたんだよね？」

「そうそう、三、四か月くらい前だっけ、一課のアシスタントの子に略奪されたわよねー」

仕事中につわりで具合が悪くなって、給湯室で少し休んでいたら、廊下から笑い声が響いてきた。

『営業二課の浅野さん』とは、わたしのことだ。前に付き合っていた恋人――小平奏多《かなた》さんの名前も出されている。

『人の噂も七十五日』と思って我慢してきたけれど、社内恋愛の三角関係は格好のネタで予想以上に噂が尾を引いてしまった。

「浅野さん、若く見えてもアラサーだよね？　その年で厳しい～！」

話しているのは、同じフロアで働く女性の同僚たちだ。

決して仲が悪かったり、対立したりしているわけではない。でも、みんなおもしろおかしいスキャンダルには目がないようで、陰でいろいろ言われているのはわかっていた。

ただ、陰口を叩かれているという事実を知っているのと、実際にこの耳で聞くのはまた違う。

体調の悪さとメンタルの不安定さのせいか、それなりにショックが大きい。

「それがさぁ、聞いてよ。小平さんとその後輩の子、佐々木《ささき》さんの結婚が決まったんだって」

「早っ！」

「どうやら、できちゃった結婚らしいわ。実はさ、浅野さんと別れる前に、もうできてたみたいよ」

「へえぇ、早かったのは小平さんの手の出し方だった！」

なにがおかしいのか、彼女たちは爆笑している。

わたしはコーヒーカップに入れた白湯《さゆ》をひと口含んで、ため息をついた。

そうだったのか。奏多さんに別れを切り出されたとき、突然すぎてわけがわからなかった。

『ほかに好きな人ができた』『その子と付き合いはじめた』と言われて、そのときはなにも考えられず、ひたすらショックで。思わず彼の前で泣いてしまったけれど、よりを戻したいとは思わなかった。

好きになっただけならともかく、わたしと別れる前に付き合いはじめていたというのは二股をかけていたということだ。その不誠実さは許せなかったし、なんだかんだ言っても、気持ちが離れてしまっているのならあきらめるしかないと別れを受け入れたのだ。

でも、真実は、もっとひどかった。

本当は、彼女が妊娠していたんだ。それで、わたしは捨てられた。

もう、彼に気持ちはまったく残っていない。でも別れる前に、すでに裏切られていて、子どもまでできていたという現実が改めて生々しく心をえぐる。

それ以上話を聞いていられなくて、静かに廊下へ出ていくと、同僚たちはぎょっとした目でこちらを見た。

「あっ、浅野さん、これはその」

わたしは精いっぱい平静を装って微笑んだ。

「ううん、わたし、もう小平さんのことはなんとも思ってないから大丈夫。気にしないでください」

「そ、そっか。まあ、浅野さんにはもっと素敵な人が現れますよ」

「浅野さん、かわいいしね」

彼女たちは顔を引きつらせながら、オフィスに入っていった。

わたしもうしろからついていく。

もうすぐ十七時になる。あと少しで、この苦行も終わりだ。

そういえば、伊織さんと契約結婚の約束をしてから、ちょうど一週間。

伊織さんは『一週間後には準備を整えて迎えに行く』と言っていた。あの日から毎晩電話はもらっていたけれど、その話題は出ていない。

あれはなんだったのかしら。

妊娠していることも、伊織さんとの婚約も、まだだれにも言っていない。もちろん会社にも、両親にも。その報告もそろそろなんとかしなければいけないと思うと、頭が痛い。

パソコンのデータ入力が終わって腕時計を見たら、十七時を少し過ぎていた。

帰り支度をして、エレベーターに乗る。

笹井田商事は港区《みなと》のはじっこにある小規模の商社だ。わたしはこの会社で六年、一般事務として総合職の社員のサポートをしている。

数年前に配属された第三営業部は、少し古びたこのビルの五階にあった。ほかの階から帰宅する社員たちも乗り込んできて、次々と玄関に向かう。

今日は金曜日。デートに行くとか飲み会だとかいう声も聞こえてくるし、週末を前にしてなんとなく雰囲気が華やいでいる。

そんなどこか浮かれた空気の中、わたしは落ち込んだ気分のまま、うつむいて歩いていた。

「早く家に帰って休もう……」

外の寒さにそなえて、マフラーに顔をうずめる。

雪国である故郷に比べたら嘘みたいにあたたかいけれど、東京の二月もやっぱり寒いことは寒い。

「ん？　なんだろ」

エントランスのドアを出たとき、あたりがざわついているのに気づいた。

主に女性の社員たちが立ち止まって、道路のほうを見ている。いくつかのグループが歩道をふさいでいて歩きづらい。

「あれ、だれ？」

「芸能人じゃない？　知ってる？」

「知らないけど、かっこいいわー。一緒に写真撮ってもらえないかなあ」

ざわめく人々の中には、廊下で陰口を言っていた同僚もいる。

彼女たちを見るのがいやで視線をそらしたら、運悪く、いま一番会いたくない人と目が合ってしまった。

元カレの奏多さんだ。彼のいまの恋人、佐々木さんもいる。

奏多さんやわたしとは三歳違いの佐々木さんは、小柄でかわいらしいタイプの女性で、彼の腕にぎゅっとつかまっていた。

わたしと目が合うと、奏多さんは少しばつが悪そうな様子で顔をそむけた。

一方で、佐々木さんのほうは誇らしげな顔をしてこちらを見る。そして、わたしを小馬鹿にしたように、唇の両端を上げて微笑んだ。

彼女の左手の薬指には、ダイヤモンドの指輪。たぶん婚約指輪なのだろう。

わたしはそっと自分の胸もとにふれた。

外からは見えないけれど、クルーネックのセーターの下にはネックレスをつけている。ネックレスにはペンダントトップのように、伊織さんからプレゼントしてもらった指輪を通していた。

伊織さんはこの指輪を妊娠のお祝いだと言って、贈ってくれた。

いまのわたしには、お守りみたいなものだ。

恋人を寝取られたアラサー女として同僚たちから哀れまれても、その恋人を略奪した後輩から見下されても、わたしのおなかには赤ちゃんがいて、それをお祝いしてくれる人がいる。

その事実が思っていたよりも強く心を支えてくれていた。

「車も高そう！」

「あの車って、国産メーカーの最上級クラスだよね。イケメンなうえに、お金持ちかあ」

きゃあきゃあとはしゃぐ同僚たちの視線を思わずたどると、会社の前の道路に大型の黒いセダンが停まっていた。

ピカピカに磨かれた車の側面に、背の高い男性が寄りかかっている。まるでファッション雑誌のグラビアページから抜け出てきたようだ。

その見るからに上等なコートとスーツを身にまとった男性の姿に、なぜか見覚えがあった。

「……え？」

いかにもただものではない華やかなオーラを漂わせた、スタイルのいい八頭身のシルエット。

男性なのに美しいと表現したくなるほど秀麗な横顔。

あれは――。

「い、い、伊織さん⁉」

どうして、こんなところに伊織さんがいるの？

よく目立つその男性は、藤条伊織さんだった。

日本有数の企業集団である藤条グループのトップで、クールな美貌を誇る若きエリート。

そして、わたしのおなかの子のパパだ。

驚愕のあまり動けずにいると、彼のほうからわたしを見つけてくれた。

「結菜」

人込みを器用に避けながら、大股で近づいてくる男性。

身にまとうオーラがあまりにきらきらしていて、わたしとは世界が違うという事実をその場で実感した。

伊織さんは目の前で立ち止まると、優しい瞳でわたしを見下ろした。

「一週間、待たせてごめん」

「一週間？　あ……ええと、もしかして、前に言っていた『迎えに行く』って話ですか？」

「ああ、そうだ。あれ、指輪はどうしたんだ？」

「指輪はここに……」

コートをめくり、セーターの下からネックレスを引っ張り出す。

その先端には、夜の街の灯にきらめく宝石。透明度が高く、カラットの大きなハート形のダイヤモンドは、行き交う車のヘッドライトを受けて強く輝いた。

伊織さんの様子、わたしへの態度、そして大粒のダイヤモンドを見た周囲の女性たちがざわつき出す。

「なんで浅野さんが？」

「あの美形の人と知り合い……？」

たしかに外見も立場も天と地ほど差があるわたしと伊織さんが、親しげに話しているのはすごく違和感があるだろう。指輪が彼からのプレゼントだと想像できる状況なら、なおさらだ。

どうしたらいいのか悩んでしまって立ち尽くすわたしの背後から、聞き慣れた男の声がした。

「結菜、そいつだれだよ？　おまえ、大丈夫なのか？」

元カレの奏多さんだ。そういえば、まだ近くにいたんだった。

振り返ってうしろを見ると、彼は怒ったようなしかめつらをしている。

その奏多さんの袖をつかんだ現在の恋人の佐々木さんが、「放っておきましょうよ、もう関係ない人じゃない」と尖った声を上げた。

奏多さんは彼女にかまわず、わたしの腕をつかもうとする。

「やめて……っ」

振り払おうと体をよじったとき、横から現れた手が奏多さんの腕をパシッと払いのけた。

それは、伊織さんの大きな手だった。

「彼女にさわるな」

彼は奏多さんからかばうように、わたしの前に立つ。

「きみこそ、何者だ」

毅然《きぜん》とした低い声。黒いコートに包まれた広い背中が頼もしい。

奏多さんは一瞬気圧《けお》された様子だったけれど、ぎらぎらとした鋭い目で伊織さんを見上げた。

「俺はこいつの前の彼氏だ。彼女が妙な男に絡まれているのを見たら、放っておけないだろう」

わたしは呆気《あっけ》にとられてしまって、言葉が出なかった。

なんでこの人は、そんなことを言うの？　いまの彼女、佐々木さんが言うように、それこそもうわたしとはなんの関係もないのに。

伊織さんが軽蔑するような口調でつぶやいた。

「前の彼氏？　なんだ、未練がましく嫉妬しているのか」

伊織さんも誤解している。奏多さんには結婚を約束した相手もいるんだし、別れたわたしのことで嫉妬するわけがない。

すると、奏多さんが怒りをむき出しにした。肩をいからせて、伊織さんのほうに一歩踏み出す。

「なにをっ！　嫉妬なんてするはずがないだろ。こいつのほうが俺に惚れていたんだからな」

わたしを指差して、馬鹿にしたように鼻を鳴らす。

伊織さんが振り向いて、気遣わしげにこちらを見た。

「結菜、そうなのか？」

「いいえ、彼は会社の同期で……その、フリーの時期に告白してもらって付き合いはじめたんだけど、いまは後悔しています」

胸もとに下げた指輪を握りしめて言うと、伊織さんは改めて奏多さんのほうに向き直った。

「というわけだそうだが？」

奏多さんが大きく目を見開いた。

「結菜⁉　おまえが付き合いたそうにしていたから、俺が声をかけてやったんだろうが！」

「まあ、きみがだれでもいい。私の大切な婚約者になれなれしくするのはやめてもらおう」

「はあっ⁉　婚約者？」

奏多さんの間の抜けた叫び声に、まわりで見ている同僚や社員たちのどよめきが重なった。

社内恋愛の三角関係で捨てられた立場のわたしに、恋人をすっ飛ばして、いきなり婚約者が現れた。しかも、相手が伊織さんのような人だ。それはたしかに意外で驚くだろう。

というか、わたしもまさか伊織さんがこんなに堂々と婚約を明らかにするとは思わなかったので、内心すごくびっくりしていた。

奏多さんは伊織さんの背後をのぞき込んでわたしをにらみつけ、さらに大きな声を上げる。

「おい、おまえ、俺と別れたばかりなのに、もう男を作っているのかよ」

「そんな……！」

その理不尽な物言いには、伊織さんが反論してくれた。

「きみの横にいるのは恋人ではないのか？　自分に付き合っている女性がいるのなら、結菜に婚約者がいてもおかしくないだろう」

伊織さんの冷静な言葉に、もともと短気な奏多さんは余計かっとしたみたいで、早口でわめく。

「なんだとっ、俺はなんのおもしろみもないアラサーと、お情けで付き合ってやっていたんだぞ。そんな結菜が、俺以外の男と結婚できるわけがない！」

「年齢と彼女の魅力になんの関係があるんだ？　結菜ほど一緒にいてやすらげる女性はいない。この人のかわいらしさに気づかなかったなんて、きみの目が節穴だったのではないか？」

言い込められた腹いせに、奏多さんがわたしを痛めつけようとしているのはわかっていた。それでも、一度は付き合っていた人の言動だ。わたしだって傷つく。けれど、それ以上に伊織さんのあからさまなお世辞が恥ずかしくて、それどころじゃなくなった。

「い、伊織さん、もういいから」

コートの背中をつつくと、彼は振り返り、わたしに向かってとろけるように甘く微笑んだ。

「本当のことだろう？　結菜は俺にとって、最高の女性だ」

周囲で見守る女性たちが、息を呑む音が聞こえた。

こんな平凡な女に向けられるにはもったいないくらいの、まぶしい笑顔。柔らかく響く低い声。

だれが見たって、極上の男性だ。そんな人から向けられる、まるで大切な相手を見つめているかのような視線に、むしろ切なくなる。

優しい人だから、わたしをかばってくれているのだということは理解しているけれど、そこまで演技しなくてもいいのに……。

でもそんなふうに思いながらも、この微笑みが本物だったらと、かすかに願ってしまう気持ちもあって。つい先日、彼に対する好意を自覚したばかりのわたしには、胸が痛くなる笑顔だ。

混乱した修羅場のような状況の中、奏多さんのうしろにいる佐々木さんだけが青ざめていた。

「ねえ、奏多さん、この人、どこかで見たことない？」

「は？」

奏多さんが怪訝そうに彼女を見る。

佐々木さんの声が聞こえたのか、まわりに留まっていた同僚たちもざわざわとしはじめた。

「あ、そういえば、最近どこかで……」

「わたしも見覚えがあるわ。テレビだっけ？　ファッション雑誌？」

「新聞か、経済誌だったかなあ」

「芸能人じゃなかった？」

「違うと思う。えーと……たしか、部長が読んでたビジネス雑誌で」

「ああ、そうか、あれだ!!」

女性のうちのひとりが大きな声で叫んだ。

彼女の声に、一瞬その場がしんと静まり返る。みんな、耳をそばだてている。

街灯やネオンサインに照らされた街のざわめき。交差点を行き交う車のクラクションや、信号機の誘導音。

そんなにぎやかな都会の一角に生じた小さなエアポケットのような空間に、その名が響きわたった。

「――藤条ホールディングス！」

「は？　藤条ホールディングス？」

「そう。あの人、藤条ホールディングスの新社長だわ！　雑誌にインタビューが載ってたの。写真がめちゃくちゃイケメンで、記憶に残ってた」

女性たちの瞳がらんらんと輝きはじめた。いくつもの熱い視線がぐぐっと伊織さんに集中する。

「ええっ！」

「藤条って、あの旧財閥の？」

「それそれ、藤条家――『鉄道王』と呼ばれる一族のすべてを受け継いだ御曹司、藤条伊織！」

「……藤条、伊織……」

その場が言葉にならないどよめきで埋め尽くされた。

みんな黙り込んでいるのに、「きゃーっ」という悲鳴が聞こえてきそうな妙な熱気で満ちている。

伊織さんはもちろん、藤条グループの代表としてメディアに登場することもある。それで会社の人たちも伊織さんの顔を知っていたようだ。

ひとり青い顔をしていた佐々木さんが、まだ状況を把握できずぼうっとしている奏多さんのコートの袖を引いた。

「奏多さん。奏多さんってば」

「なんだよ」

「うちの会社も取引があるかも……」

怯《おび》えたような彼女の表情に、ようやく奏多さんの理性が戻ってきたらしい。

「え？　は？」

「だから、藤条ホールディングスだって」

「藤条ホールディングスって、あの鉄道系コングロマリットの？」

「そう言ってるじゃない！　この人たちとかかわらないほうがいいわよ。もう行きましょう」

呆然とした奏多さんを佐々木さんが引っ張った。

彼女は引きつった笑みを浮かべて、上目遣いでわたしと伊織さんを見る。

「あの、この人、ちょっといらいらしていただけで、本気じゃないんで。わたしからも謝るので忘れてくださいね。それじゃ、失礼します～」

結局ふたりは、笹井田商事のビルの前から逃げるように立ち去った。

小柄な女性に手を引かれた元恋人のうしろ姿が、またたく間に人込みの中へと消えていく。

彼らと入れ替えに、夕方オフィスの廊下でわたしの噂話をしていた同僚の女性社員たちが近づいてきた。

「浅野さん、もしかして結婚決まったの？」

「え、ええ。決まった……のかな？」

ちょっと曖昧に微笑む。

契約ではあるけれど、プロポーズされたし指輪ももらった。おなかには赤ちゃんもいるし、結婚が決まったといってもいいのよね？

同僚は少し引きつった顔で、小平さんたちが立ち去った方角を見て、わたしに向き直った。

「お、おめでとう。小平さんのこと、ほんとになんとも思ってなかったんだ」

「そっか、さっきはごめんなさい。あの……素敵な婚約者さんね」

「うん、そうね」

わたしの隣に立つ伊織さんをちらりと見上げる。

彼女の頬がほんのり赤らんだ。そして、わたしたちに軽く頭を下げる。

「じゃあ、また来週。お疲れさまでした」

「あ、お疲れさまでした」

そうだ、また来週、だった。

来週の月曜日からは通常どおり出勤するのだ。周囲にはたくさん笹井田商事の社員がいたし、きっと今日の話はまたたく間に広がるだろう。

どう対応しよう。頭が痛くなってきた……。

こめかみを指先で押さえるわたしの肩に、伊織さんがそっと手を置く。

「結菜、行こうか」

「は、はい」

社長車のドアの前では、運転手さんが待っていた。運転手さんは制服の帽子を取って一礼する。

伊織さんが恭しくエスコートしてくれて、わたしはみんなの前で黒いセダンに乗り込んだ。

「ふう……」

退勤するだけなのに、なんだかまた派手なことになってしまった。

後部座席の背もたれに寄りかかって、こっそりとため息をつく。

けれど、今日という日は、このハプニングだけでは終わらなかった。伊織さんに連れていかれた先で待っていたのは、もっとすごいサプライズだった。


会社からさらわれるようにして、車に乗せられ、二、三十分ほど。

到着したのは郊外にある高級住宅街だった。

一戸ごとの区画が大きく、塀も長くて高いけれど、緑が豊かなので圧迫感はあまりない。

街灯に照らされた街は静かで品があり、同じ東京なのに、わたしのアパートがある雑多な地域とはまったく雰囲気が違った。

電動の門扉が動き、車は一軒の家の敷地に入っていく。

「ここは……？」

東京の一等地とは思えないほど、門からのアプローチが長い。

ライトアップされた植栽《しょくさい》の先にはアーチ形の玄関ポーチがあり、車はそこに横づけされた。

「もしかして伊織さんのご自宅なんですか？」

「ああ、今日からな」

「今日から？」

伊織さんに手を引かれて車から降りる。

改めて見上げると、白い壁にオレンジ色の屋根の大きな一戸建てだった。地中海に面した南欧《なんおう》の街の住宅のような、おしゃれなおうちだ。

数歩うしろに下がり、さらに体をそらして、できるだけ全体が視界に入るようにして眺めてみる。

「うわあ」

本当に立派な邸宅だ。

まず驚いたのは、このお屋敷が平屋であること。

いくら高級住宅街とはいえ、ここは東京だ。周囲の豪邸も、二階建てや三階建てのお宅が多かった。

その中で横に広い平屋の建物は、ひどく贅沢に感じる。

口をぽかんと開けた間抜けな顔で眺めていたら、伊織さんが上半身をそらしたわたしを支えるように、腰へ腕を回した。

視線を感じて斜め上を見上げると、彼が心配そうにこちらを見つめている。

「結菜の好みと違っていたらすまない」

「わたしの好み？　なんのことです？」

「できるだけ早くと思って、期限を一週間で区切って探したんだ。いずれきみの好きなようにリフォームしてくれてかまわないから、とりあえずいまはこれで我慢してほしい」

「伊織さんがなにを言ってるのか、ちょっとよくわからないんですけど」

「とりあえず先に中へ入ろうか。体を冷やしてはいけない」

「は、はあ」

たしかに暖房の効いた車から出てきたので、少し寒くなってきた。

大きな玄関扉を開けて中に入ると、広い玄関ホール。そこに用意されていたスリッパに履き替えて通されたのは、これまた広いリビングルームだった。

リビングの中央には火のついた暖炉があり、暖炉の前にゆったりした赤いソファーが置かれている。

伊織さんにエスコートされて腰かけると、ソファーのクッションにふんわりと包み込まれる。このまま眠ってしまいたくなるような座り心地だ。

「ちょっと待っていて」

「あ、はい」

部屋を出ていった伊織さんが戻ってくると、その手にはころんとした形の白いマグカップがあった。

「ホットミルクだ。飲めそう？　あとで風呂の支度をするから、ひとまずこれであたたまって」

聞きたいことはたくさんあるけれど、ちょっと落ち着きたくて、受け取ったマグカップを両手で包む。

「大丈夫だと思います。……あたたかい」

最近なぜか冷たい牛乳にはまっていて、固形物を食べる気分になれないときは牛乳を飲んでいる。それまでとくに牛乳が好きというわけではなかったのに、つわりの最中の味覚って本当に不思議。

牛乳は牛乳でも、ホットミルクは久しぶりだ。でも、気持ち悪くはならなそう。

ひと口飲んで、ほっと息をつく。

リビングは広いけれど、適度にあたたかくて居心地がいい。暖炉では薪がパチパチと音を立てている。

でも、玄関ホールもほんのりとあたたかかったから、暖房は暖炉だけではなくてセントラルヒーティングなのかもしれない。

隣に座った伊織さんが、また心配そうにのぞき込んできたので、にっこりと笑ってみせた。

「そんなに心配しなくても平気ですよ。最近つわりも、少しずつ楽になってきた気がするんです」

彼はちょっとしょんぼりした顔になった。

「一番大変なときに、そばにいられなくてすまなかった」

「それはだって、伊織さんは知らなかったんだし。もう、気にしないでください。それよりも、このおうちはなんなんですか？　さっき、今日から自宅だって聞こえたけど」

「ああ、昨日家具の搬入が終わって、今日から住めるようになった」

「お引っ越ししたんですね。一週間でしたっけ？　そんな短期間で新居を決めるなんて、大変だったんじゃないですか？」

「まあな。ただ候補はいくつかあったんだが、平屋でバリアフリーの家はここしかなかったから、それほど悩みはしなかった」

「平屋で、バリアフリー？」

「そうだ。そのほうが、妊娠している女性が安全に、かつ安心して過ごせるだろう？ その点にはこだわった。だが、内装や家具はインテリアデザイナーに任せてしまったんだ。きみの体の状態と、性格や雰囲気を伝えて整えさせたが、趣味に合うかどうかが心配だ」

「は？　はあ……？」

ちょっと待って。

「え……えええぇぇ!?」

心臓がバクバクしはじめた。

それって、わたしのためにこの家を購入したってことじゃないわよね？

だって、こんな東京の一等地に平屋の豪邸って、いったいいくらするのかしら。数億円……いや、もっと？

考えたくないくらい高価なことはたしかだ。先日プレゼントしてもらった指輪どころではない。

それでもいま、伊織さんは『妊娠している女性』と口にしていた。そして、『きみの体の状態』とも。

「まさか、わたしひとりのために？」

思わずまわりを見まわしてみたけれど、もちろんほかに妊娠している女性がいるはずもない。

わたしは驚きに言葉を失って、呆然と伊織さんを見つめた。

彼は、わたしがなぜこんなに焦っているのかまったくわからないようで、平然としている。

「もちろん違う。きみひとりのためじゃないさ」

「そ、そうですよね」

「きみと、おなかの子のためだ。それ以外の理由があるわけがないだろう」

「よかっ……た？　は？」

わたしと赤ちゃんのため？

伊織さんの口調は大真面目で、どうやら聞き間違いではなさそうだ。

でも、とうてい信じられない。

「そんな、嘘ですよね？　わたしをからかってません？」

「どうして俺がこんなことで嘘をつかなければならないんだ？」

「だって、これは契約結婚なんですよね？　なんで、ここまで……」

赤ちゃんができたと告白したその夜から、ほんの一週間。

伊織さんが一週間待ってほしいと言っていたのは、この邸宅を用意するためだったということだろうか。

金銭的な問題だけじゃなくて、いくら有能で、いろんな方面にコネクションを持っていたとしても、無茶なスケジュールだ。仕事だって忙しそうなのに、すごく大変だっただろう。

「契約結婚だとしても、俺はもう二度と、きみにつらい思いをさせないと自分に誓ったんだ」

真剣な表情で、わたしの手を握ってくる伊織さん。

……やめてほしい。

こんなの、誤解してしまう。大切にされているんじゃないかって勘違いしそうになる気持ちを止めるのが難しい。

あふれそうな感情を抑えようとして沈黙していると、彼はふっと笑って、少し照れくさそうに目をそらした。

「家族には、家が必要だろう？」

「家族……」

そうか、家族か。その瞬間、腑《ふ》に落ちた。

彼が求めているのは、妻じゃなくて家族なんだ。

突然、氷にふれてしまったような気がした。胸の奥にひんやりとした冷たいものが忍び込む。

幼いころに母親と死に別れ、父親も一昨年亡くしてしまった伊織さんは、あたたかい家庭への憧れが強いのだろう。

家族の愛情に飢えていた孤独な少年が大人になって、いま、家庭を手に入れようとしている。

でも彼は優しい人だから、わたしを利用するだけではなくて、母子ともに安心できる暮らしを提供しようとしてくれている。そして実行力も経済力も十分持っているから、こんな豪邸をすぐに用意できてしまう。

それだけなのだ。

「結菜、どうした？」

つい沈んだ表情を見せてしまったかもしれない。

伊織さんがわたしの肩に手をかけて、そっとのぞき込んできた。

「あ、いいえ。ちょっとびっくりしてしまっただけです」

「この不動産の契約が確実になってから話そうと思っていたら、ぎりぎりになってしまった。驚かせて悪かったな。ところで――」

伊織さんが珍しく視線をうろうろさせて、咳払いをした。

どうしたんだろう？

「あー、その、結菜は大丈夫だろうか？」

「なにがです？」

「今夜からここで暮らしてもらえるかな？　そのほうが安心できるんだが」

「え……」

彼があまりにも当然のことのように振る舞っているので、ここで生活するのはもう決定事項なのかと思っていた。

「あ、はい。あの、よろしくお願いします」

返事をすると、伊織さんはほっとしたように笑みをこぼした。

なにもかも兼ねそなえた完璧な男性に見えるのに、もしかしたら本当は不器用な人なのかしら。

大粒のダイヤモンドの指輪に、立派な邸宅。

そんな突拍子もないほどゴージャスなプレゼントを贈ってくれたあとで、ちょっぴり自信なさそうな顔を見せる伊織さん。女心をくすぐりすぎてずるい。

伊織さんはわたしの髪をひと房手に取って、指先でくるくるともてあそびながら、優しく問いかけてきた。

「家の中は明日、案内する。あと、アパートの荷物はどうしたい？　解約手続きをして引き払ってもよければ、信頼できる者に作業させるが」

「ええと、できれば自分で確認しながら荷作りをしたいです。でも、しばらくは無理かなあ」

まだ平らなおなかをさわってみる。

「この子が生まれてからでもいいでしょうか？」

「解約はせずに、そのままにしておくのか」

なぜか不安そうに眉根を寄せる伊織さん。

「もしかして出産して落ち着いたら、アパートに戻りたいと思っている？」

あ、そうか。わたしが普通に動けるようになったら、出ていってしまうと心配しているのかな。

「いえ、そうじゃなくて、本当に自分で片づけたいだけです。アパートには戻りませんよ？　わたし、この子のためにも、あなたとあたたかい家庭を作るって決めましたから」

すると、彼はとても幸せそうに笑った。

胸が痛くなるような、満たされた笑顔だった。切なさが込み上げて、なんだか本当に胸が苦しくなってくる。

伊織さん、そんなに家庭が欲しかったんだ。家族という存在が。

もともと彼は結婚をまわりに急《せ》かされていて、それがうっとうしくて契約の結婚をしたいと言っていたはず。伊織さんも本当にそう思ってはいたのだろう。

でも、心の奥底ではきっと、あたたかい家庭を求めていたんだな。彼自身も気づかないような深いところで。

わたしは彼の願いに応えられるだろうか。

少しおじけついてしまいそうになるけれど、この優しくて孤独な人と、生まれてくる赤ちゃんのためにできるだけのことはしたい。

伊織さんは柔らかく微笑んだままうなずいた。

「わかった。ある程度の衣類や小物は用意しているが、明日必要なものを取りに行こう」

「はい」

「じゃあ、風呂を入れてくるから、ここにいて」

「え？　ありがとうございます。でも、お風呂のお湯をためるくらい、自分でできますよ？」

「俺にできることはさせてくれ。大事な時期なんだ。きみにはリラックスして過ごしてほしい」

「……はい」

リビングを出ていく彼の背中は、広くて頼もしい。

『契約結婚だとしても、俺はもう二度と、きみにつらい思いをさせないと自分に誓ったんだ』

そう伊織さんは言った。

彼はあの夜、ちゃんと避妊していたのに、奇跡みたいな確率で新しい命を授かってしまった。伊織さんには社会的な立場もあるし、自分の子であると認めない可能性も、慰謝料で片づけようとする場合もありえた。

わたしはもうなかばシングルマザーとして生きていくつもりだったので、そんな彼の気持ちは本当にありがたい。

だから、わたしも自分に誓おうと思った。

たとえ契約の夫婦関係でも、わたしは伊織さんに精いっぱい心を尽くしていきたい。芽生えてしまった想いは胸に秘め、元気な赤ちゃんを彼の手に抱かせてあげられるようにがんばろう。

冷めてしまったミルクをひと口飲む。

しばらくしてから、伊織さんが呼びに来た。バリアフリーの家の中でつまずきそうなものなんかなにもないのに、彼はわたしの手を引いて、ゆっくりとバスルームに連れていってくれた。

「結菜、ひとりで問題ないか？」

「お風呂に入るだけですよ？　伊織さん、心配しすぎ」

ちょっと笑ってしまった。

『グラントレノ　あきつ島』のロイヤルスイートルームで檜風呂を借りたときみたい。

あの日も、彼は一緒にお風呂に入りたがっていた。

伊織さんも『あきつ島』のことを思い出して照れくさくなったのか、「わかった」

とだけ言って脱衣室から出ていった。彼の耳が少しだけ赤かった。

豪華なお屋敷は、バスルームもゆったりとしている。浴槽も広く、ジェットバスにもなるらしい。

浴室暖房が効いていて、裸になっても全然寒くないのもありがたい。

湯船につかる前にシャワーを浴びているとき、うっかり大きめのシャワーヘッドを落としてしまった。

「あっ」

外国製なのか、慣れない重さだったのだ。

銀色のシャワーヘッドが浴室の床を転がり、ガタガタッと大きな音が響く。

すると突然、扉の外で男性の声がした。

「大丈夫か⁉」

声とともに扉を開けて飛び込んできたのは、伊織さんだった。

「ええっ、伊織さん⁉　きゃっ、きゃあぁぁー！」

「大きな音がしたが、転んでいないか？　怪我《けが》はない？」

わたしの全身を上から下まで確認する彼の目は真剣だ。

「あの！　あのですね」

心配してくれているんだろうけど、わたしいま、裸だから！

「無事ですから、とりあえず出てください！」

手で胸と下腹部を隠して叫ぶと、彼はようやくわたしが一糸まとわぬ姿だということに気づいたようだった。

「す、すまない」

謝りながらも、伊織さんの視線はわたしから離れない。

「………？」

なんだか急に、彼の雰囲気が変わった？

気のせいか、伊織さんのいつも涼しげな瞳が、熱っぽい光を宿しているように思える。

「どうかしました？　シャワーヘッドを落としただけなので、本当になんともないですよ」

「そうか、よかった。きみは……」

「はい？」

「やっぱり、綺麗だな。おなかの中に俺たちの子がいるんだと思うと、さらに美しく見える」

「な、なに言ってるんですか⁉」

恥ずかしさが頂点に達して座り込むと、伊織さんがかすかに唇の端を上げて微笑んだ。

下からにらみあげると、彼はようやくバスルームから出ていってくれた。

「もう……」

深いため息があふれてくる。

あんなにまじまじと人の裸を見て、しかも美しいなんて、おおげさなお世辞。オーバーに心配してしまった照れくささをごまかそうとしたのかな。

意外と心配性な婚約者との同居生活は、思ったよりも前途多難かもしれない。

＊＊＊

実際暮らしはじめると、平屋のバリアフリーの家はとても快適だった。

階段を踏み外さないように注意したり、部屋と部屋の間の段差を気にしたりする必要もない。これからおなかが大きくなってきたら、きっともっと楽に感じるようになるだろう。

いまはまだおなかは目立っていない。よく見ると、ちょっとふっくらしてきたかなという程度。

会社に出勤するときは、ウエストを締めつけない服を着て、大きめのジャケットやカーディガンで体のラインを隠している。

アパートから通っていたころよりも会社への距離は遠いし、最寄り駅も徒歩だと結構時間がかかる。

実は、ここに引っ越してきた翌週の月曜日、通勤をどうしようかと悩んでいた。すると、それを察した伊織さんがなんと社長車で送ってくれた。

それから毎日、朝は一緒に出勤して、夕方は会社の近くまで車が迎えに来る。伊織さんは忙しくて帰りの時間が合わないことも多いので、そんなときは運転手つきの車を目立たない場所まで回してくれる。

「こんなに大切にしてもらっていいのかな」

わたしは新居のリビングルームで伊織さんが帰ってくるのを待ちながら、あれ以来気に入ってしまったホットミルクを飲んでいた。ほんのりあたたかいマグカップを手のひらで包むと心が安らぐ。

ソファーの横の暖炉の薪が、パチパチと小さな音を立てて爆《は》ぜた。

以前、動画投稿サイトで、焚《た》き火《び》のシーンだけが延々と流れる動画をよく見ていた時期があった。薪が燃える音って、なぜか落ち着くから気に入っていたのだ。

「もう一週間か……」

突如始まった同居生活は、怖いくらい至れり尽くせりだった。

掃除は家事代行サービスの人が週に二、三回来て、昼間のうちに綺麗にしておいてくれる。洗濯物もそのとき持っていって、丁寧にたたまれた状態で戻ってくる。

料理はなんと、伊織さん本人が作ってくれた。

わたしが作るつもりでいたのでびっくりしたのだけれど、もともと料理をするのが好きだったみたい。

『高校生のころ、夜中に腹が減ってしょうがなくて作りはじめたんだ。それ以来、なんとなく続いている。趣味みたいなものだな』

伊織さんはそう言っていた。

お母さまが亡くなってからは、家政婦さんが家事をしていた。でも、成長期の男子の食欲はすごい。用意された食事では足りなかったらしい。

ただ、そういう理由以外にもきっと、電子レンジであたためたものではなくて作り立ての料理が食べたいという気持ちもあったのだろう。

どんなに強い心の持ち主だったとしても、まだ十代の子どもだもの。さみしさはあったに違いない。

「――結菜、ただいま」

ぼんやりしていたら、伊織さんが帰ってきた。

「あ、おかえりなさい」

わたしがソファーから立ち上がろうとすると、そっと制止して、おでこに軽くキスをする。

このキスも、いつの間にか日常になってしまった。

「お出迎えできなくてごめんなさい」

「いいんだ。結菜がこの家にいてくれるだけでうれしいよ」

「そんな」

「着替えたらすぐ飯にするから、もう少しゆっくりしていて」

「はい……」

今度は鼻の頭にキスをして、伊織さんは自室に戻っていった。

わたしたちはいずれ結婚する予定だけど、いまのところは別々の部屋で寝起きしている。

この家に来て最初の夜のことだ。急な婚約に戸惑うわたしのためらいに気がついたのか、伊織さんから『一緒の部屋にするのは籍を入れてからにしよう』と軽く告げられた。

すごいスピードで進む変化に気持ちが追いつかなかったので、そのときはありがたかった。

でも、いまは不安もある。

家族の情は芽生えてきても、女性としては魅力が足りないのかもしれない。それに、たとえ彼に求められてもいまは応えられないし、やっぱり恋愛関係のない契約結婚だし……。

またぼうっとしていたら、ラフな服装に着替えた伊織さんが呼びに来た。

シンプルな黒のハーフエプロンがとても似合っている。

「夕食ができたよ。ダイニングに来られる？」

伊織さんと手をつないでダイニングルームに行くと、テーブルには家庭的な和食が並んでいた。

「ありがとうございます。疲れているのにごめんなさい」

「いや、常備菜もあるから、たいしたことはないよ」

「おいしそう……」

きんぴらごぼうに、ほうれん草の白和え。ブロッコリーときのこの蒸し焼きは食べやすい小鉢で。メインはレバニラ炒《いた》め、デザートはいちごだ。

わたし、ひとり暮らしをしていたときは、もっと適当だったわ。

ちょっと反省。

「胎児の成長に必要な栄養素を意識してみたんだ。でも、無理せずに食べられそうなものだけ、食べればいいから」

赤ちゃんの体の発育にかかわるという葉酸《ようさん》がたくさん含まれる食材や、妊娠中に不足しがちになる鉄分たっぷりの料理。

お世辞ではなく、心の底からおいしそうに見える。

「やっと、つわりの時期を抜けたみたいなの」

「それはよかった。顔色もだいぶよくなってきたな」

「うん、大丈夫よ。いただきます」

手を合わせて、箸を取る。

今日あったことや巷《ちまた》のニュースについて話しながら食事をしていたとき、ふと違和感を覚えた。

「あれ？」

「結菜？　どうかした？」

「おなかが……」

伊織さんが向かいの椅子から立ち上がって、心配そうに寄ってくる。

わたしは自分の内側に意識を集中した。

おなかで——いまなにか、とても小さなものが動いた？

胎内で、ぴくっと小魚が跳ねたような不思議な感覚。

「勘違いかもしれないんだけど」

「ああ。ささいなことだと思っても遠慮せずに言ってほしい」

「はい」

「そのほうが俺も安心できるから。で、どうした？」

「あの……動いた気がするの」

「動いた？」

「ええ、ここ。胎動かな？」

少しだけふくらんだおなかをさする。

伊織さんは驚いた表情のまま、固まってしまった。

大丈夫かしら。伊織さんに妊娠を伝えてから、まだひと月も経っていない。頭では理解しているだろうけど、受け入れてくれるだろうか。

実際に赤ちゃんがここにいて、いまこのときに動いているというのは、結構生々しい事実だ。

彼はすぐに自分を取り戻し、椅子に座ったわたしの横にひざまずいた。

そして、こわごわと申し出る。

「少しだけ、さわっても？」

「もちろん」

大きな手のひらが、そうっとおなかにふれてくる。力を入れると壊れてしまうと恐れているかのような、慎重なさわり方。

「なにも感じない」

「びっくりしちゃったのかも？」

彼の手を見つめながら、わたしは自分のおなかに話しかけてみた。

「赤ちゃん、いまのあったかいのは、パパのおててよ」

まだ耳は聞こえないだろうけど、自分が生まれてくるのを待っている人がいるのだと感じてくれたらいいな。

体温をなじませるように、おなかに手を置いたままでいた伊織さんが、呆然とした口調でつぶやいた。

「パパ……か」

しばらく黙り込んでいた彼が、やがて小さくささやく。

「聞こえてるか？　俺がパパだよ」

静かなダイニングルームに、優しく響く低い声。

その瞬間、目頭が熱くなった。なぜかひどく切なくて泣きそうになる。

いまにもあふれ出しそうな涙をこらえていたら、急に伊織さんが目を見開いて、わたしを見た。

「いま、かすかに動いた……？　錯覚かもしれないが」

また視線を下げて、柔らかく盛り上がったワンピースを見つめる。

「いや、動いた。動いてる。これが、胎動なのか」

伊織さんがふたたびこちらを見上げる。そして目を細めて唇を上げ、にこっと笑った。

「元気な子だ」

その笑顔が、本当にうれしそうで。

クールで落ち着いていて大人の色気を漂わせた伊織さんとも、少年のように電車の旅を語る彼とも違う。わたしが知っているどんな伊織さんとも違っていて、たまらなくなってしまった。

どうしよう。伊織さんが愛しい。

にぎやかな家庭に憧れていた、子どものころの彼を抱きしめてあげたい。そのさみしさを抱えたまま大人になったいまの彼を愛したい。

我慢していた涙が、ついにこぼれた。

そろそろと手を外した伊織さんが立ち上がり、覆いかぶさってくる。

彼の腕がわたしの頭を優しく抱え込んだ。

「伊織さん？」

「本当に、俺たちの子が生まれてくるんだな」

おなかにふれたときと同じく、壊れものにさわるような動作で柔らかく抱きしめられる。

頭上から深い響きを秘めた声が降ってきた。

「結菜、ありがとう。俺たちの子どもを宿してくれて……この子を産もうと決意してくれて」

「伊織さん」

なんでそんな泣かせるようなことを言うんだろう。

これ以上、心を明け渡してしまったら、いつか傷つく。だから、伊織さんの前で泣きたくなんかないのに、涙が止まらなくなってしまう。

彼の胸は広くて、とてもあたたかい。

——ずっと、この場所にいたい。

分不相応な望みが込み上げてきて、のどの奥をふさいだ。

＊＊＊

それから伊織さんは過保護といってもいいほど、優しくなった。これまでも十分気を遣われていたけれど、それ以上に甘やかしてくる。

会社の送り迎えはいままでどおり。でも、わたしが車から降りるときに心配を隠さないし、夕方も必ず一緒に帰る。

仕事は家に持ち帰っているらしい。夜中目が覚めてトイレに行ったとき、結構遅い時間だったのに書斎から明かりが漏れていた。

無理をしないでほしいとお願いしたら、会社にいても心配で仕事が手につかないと言われて、わたしはしょうがなくこの状況を受け入れている。

送り迎え以外でも、家の中ではインプリンティングされたひよこのように、あとをついてくる。まるで家庭内ストーカーだ。

体を冷やすなとか栄養を取れとか口うるさいところは、ストーカーというよりお母さんっぽい。

ストーカーなのか保護者なのか、はたまたひよこなのか、ときどき彼の真剣さがちょっとおかしくて思わず笑ってしまう。

一方で、休日に出かけるときは、完璧な紳士のエスコート。

歩くのは必ず彼が車道側。荷物を持つのも彼だし、決してわたしが転んだりしないように腕を貸してくれる。

「ひとりじゃなにもできない、だめな人間になってしまいそう」

ぽかぽかした日が差し込むサンルームで、わたしはため息をついた。

独り言は、たくさん並べられた観葉植物に吸い込まれていく。

自宅の南側には広いサンルームがあって、庭とつながって見えるような造りになっていた。

観葉植物の間には色とりどりの花の鉢も置かれており、まるで春のようなサンルームと、静かな冬の庭との対比も美しい。

籐のカウチに体を預けて寛いでいたら、伊織さんがミルクをたっぷり入れたカフェインレスのココアを持ってきてくれた。

「寒くないか？　ひざ掛けを持ってこようか」

「ううん、いまは大丈夫。冷えてきたら、中に入るから」

伊織さんが隣に座って、ぴたりと寄り添ってくる。

まったりとした土曜日の午後。

午前中に、伊織さんと一緒に産婦人科へ行って、定期検査を受けてきた。

今日は、もしエコーに映ったら、赤ちゃんの性別を教えてもらえるという話になっていて。どきどきしながら、診察室で医師の言葉を待った。

『たぶん、女の子だと思われます』

『女の子……』

伊織さんは病院に行く前から、子どもは男でも女でもどちらでもいいと言ってくれていた。でも、いざ女の子だと判明すると、やっぱり男の子のほうがよかったんじゃないかと不安になる。

周囲から強く藤条家の後継ぎの男子を望まれている立場なのだ。

けれど、産婦人科の先生から性別を聞いた伊織さんは、とろけそうな顔でくしゃっと笑った。

『女の子か。結菜に似たらかわいいだろうな。早く会いたいよ』

母くらいの年齢の女性の医師も、にこにこと笑っていた。

『お父さんは親ばかになりそうですね。でも、こんなに喜んでくれたら、お母さんもうれしいでしょう』

わたしは思わず赤面してしまった。

そのときのことを思い出しながらココアを飲んでいたら、カウチの隣に座った伊織さんが顔をのぞき込んできた。

「結菜」

「なあに?」

なにげなく伊織さんを見たら、彼はなぜかすごく真剣な目をしていた。

端整な顔立ちの中でもひときわ印象的な黒い瞳が、なにかを訴えるようにじっとこちらを見つめている。

そのまっすぐで真摯な視線から目をそらせない。

「伊織さん？」

「一緒に暮らしはじめて半月ほど経った。結菜がここの生活に慣れてきたようなら、そろそろ正式に入籍を考えようか」

「入、籍……」

突然の言葉に思わず胸がときめいた。

籍を入れる——つまり、とうとう伊織さんと本当の夫婦になるんだ。

もちろんいままでだって、婚約を反故《ほご》にされると思っていたわけではない。けれど、紙一枚の違いとはいえ、正式な夫婦関係を結ぶということに意外なほど喜びがわき上がる。

でも、彼の言葉の続きを聞いて、急に気持ちがしぼんだ。

「いま婚姻届を用意しているところだ。後日サインをしてほしい」

少し素っ気ない声音に、その『サイン』が契約結婚の署名であることを思い出したのだ。

うれしく感じてしまったぶん、余計切なさが胸を覆う。

そうだ。つい勘違いしてしまいそうになるけれど、これは契約の結婚。

どんなに大事にしてもらっても、愛して、愛されて、ふたりの気持ちが通じ合って結婚するわけではないのだ。

だけど、こんなに優しくされたら、どんどん伊織さんを好きになってしまう。好きになればなるほど苦しさが増すのに。まるでどんなにもがいても抜け出せない、苦くて甘い沼に落ちてしまったようだ。

わたしはそんな心を必死に隠して、冷静に返事をした。

「そうね。おなかのふくらみもそろそろ隠し切れなくなってきそうだし。会社にも届け出ないと」

「きみのご両親へのあいさつはどうする？」

「あとで電話するから、代わってもらえますか？　実家に行くのは、まだ先でいいかな。旅行するのは少し不安だし」

本当は、長野の実家への旅行くらいは平気だと思う。しかも新幹線の最寄り駅、軽井沢までなら一時間十分ほどの距離だ。家族に会って、いろいろ話したい気持ちもある。

けれど、この状況を父や母にうまく説明できる気がしなくて、ついためらってしまった。

とりあえずわたしのことは横に置いておいて、ひそかにずっと気になっていたことを聞いてみよう。

「伊織さんのほうはどうなの？　ごあいさつの必要な方がいますよね？」

「ああ」

伊織さんは少し首をかしげて考えると、心配そうな顔をした。

「もし結菜の体調が落ち着いているのなら、各方面へのあいさつの予定を入れてもいいだろうか」

「いまは安定しているし、大丈夫ですよ」

「親族や仕事の関係者には婚約したことも、婚約者が妊娠していることも伝えてはいるのだが、直接紹介しろとせっつかれているんだ」

「それはそうですよね……」

やはり藤条の本家ともなるとしがらみも多いだろうし、『鉄道王』がどんな女性と結婚するのか興味を持たれているだろう。

伊織さんはプロポーズのときも、まわりが結婚しろとうるさいと話していた。縁談を持ちかけられることも多そうだった。

本当に、わたしなんかで大丈夫なのかな……。

沈んだ様子が見て取れたのか、伊織さんの腕が安心させるように、わたしの肩を抱きしめてくれる。

「何回も人と会うよりも、お披露目のパーティーをセッティングして一度に終わらせてしまったほうがいいかと思っているんだが、どうだろう」

「パーティー、ですか」

パーティーって、友達とのクリスマスパーティーとか会社の忘年会のレベルじゃないわよね。

『お披露目のパーティー』という言葉に、景気のよかった時代の芸能人の結婚式や、政治家の資金集めのパーティーが頭に浮かぶ。

「もちろん、できるだけ人数はしぼった内輪の集まりにする。結菜が会場にいる時間も短くしよう」

「……はい。がんばります」

「無理はしなくていいんだぞ?」

伊織さんはちょっと厳しい顔で眉根を寄せているけれど、わたしとおなかの娘を心配してくれているのだろう。

彼の腕の中はじんわりとあたたかい。そのぬくもりが、雪が降る前のつかの間の日和《ひより》のように思えて、涙が出そうになった。

その晩、実家に電話をした。

旅先で知り合った男性と結婚すること、その人が旧財閥系企業、藤条ホールディングスのCEOであること。そして、おなかに新しい命が宿っていることを報告する。

両親はとても喜んでくれて、とくに母はすぐこちらに来たがった。だけど、しばらく待ってほしいと伝えた。

母はなにも聞かなかったけれど、事情があることは感じたようだ。

『結菜、すごい人と結婚することになったのね。でも、相手がだれであろうと、お母さんは結菜が幸せになってくれればそれでいいから』

母の言葉に涙があふれそうになって、慌てて伊織さんにスマートフォンを渡し電話を代わってもらった。

「はじめまして。お嬢さんとお付き合いさせていただいております、藤条伊織と申します」

そのとき電話口の向こうから、わあーっとにぎやかな歓声が聞こえた。

旅館の夕食の片づけが終わった頃合いだ。ちょうど家族が集まっていたのだろう。

祖父母や弟たちが、電話する両親の様子から話題に気づいて、わくわくと見守っていたのかもしれない。

一瞬、驚いたように息を止めた伊織さんが、落ち着いた声で続ける。

「後日、改めてごあいさつにうかがいたいと思っておりますが――」

伊織さんが両親と話しているのを聞きながら、指先で涙をぬぐった。

お母さん、わたし、好きな人と結婚します。

その人は優しくて、わたしと赤ちゃんをすごく大切にしてくれるけど……。

わたしを愛してはいないの。

次から次へと涙がこぼれて止まらない。

まだ話をしている伊織さんが、心配そうに首をかしげて、こちらをのぞき込んできた。

きみがいないと息ができない

それからすぐに、婚約披露パーティーの日取りが決まった。

わたしの体調の件もあって、話が出てから約半月後に開催という超スピードの決定だった。

会場は藤条ホールディングスの系列である藤都ホテルなので、便宜を図ってもらえてスムーズに予約できたらしい。伊織さんがわたしに話をするよりも前に、藤条ホールディングスの秘書部をメインに、周囲の人が動いていたからというのもあったようだ。

藤条家が最初に興した鉄道事業である藤都鉄道。藤都ホテルはその起点駅である渋《しぶ》谷《や》にそびえたつ一流ホテルで、四十階建ての高層ビルの二十階以上が宿泊施設となっている。

今夜は、ホテル最上階のレストランバーを貸し切りにしていた。

大きな窓から見えるのは、宝石のように輝く渋谷の夜景。照明の明るさが抑えられているので、街を彩る光の粒がくっきりと見えて圧巻だ。

ただ、わたしはその窓を背にして立っているので、パーティーが始まる前に少し眺めただけだったけど。

それに、伊織さんの親族や会社の重役たちを前に緊張してしまって、とにかく微笑んでいるので精いっぱい。正直、眺望を楽しむ余裕はない。

「このたびはご婚約おめでとうございます」

「ありがとうございます」

次から次へとやってきてお祝いの言葉をかけてくれる人たちに、丁寧にお辞儀をする。

伊織さんはわたしに負担がかからないようにと、できるだけ小規模の懇親パーティーにしてくれたけど、内輪だけとはいっても三、四十人はいる。わたしからしたら、これが披露宴でもいいほどのちゃんとした会だった。

有能な秘書の人たちが根まわししていたとはいえ、突然のパーティーだったのに、こんなにたくさん集まってもらえるのはありがたいことだ。

「藤条社長のご婚約者さまにお目にかかれて光栄でございます」

「こちらこそ、これからもどうぞよろしくお願いいたします」

気を遣われているのか、妊娠の話は出ないけれど、事実を知らない人でも服装でわかるかもしれない。

わたしが着ているのは、婚約のお披露目パーティーの主賓としてはかなり地味なワンピースだった。体を冷やさないように肩や背中は出さず、シルエットもゆったりとしている。

足もとも、靴底が平らなパンプスだ。まだそこまで気にする必要はないと思うんだけど、伊織さんのたっての希望でこのコーディネートになった。

唯一華やかなのは、左手の薬指に重ねづけした二個の指輪かな？

一個は、妊娠のお祝いにもらったハート形のダイヤモンドの指輪。ずっとペンダントトップにしていたのだけど、この機会に指にはめることにした。

そしてもう一個は、ハートの指輪と一緒につけられるようにデザインされた、スズモトジュエリーの婚約指輪だ。

当然、そんな高価なものを何個ももらえないと一度は辞退した。けれど、『これでも藤条の婚約者としては最低限のものだ』と言われたら強硬には反対できないし、そのときの伊織さんのちょっとさみしそうな瞳を見てしまったら、もう断れなくなってしまった。

この服装の指定でもわかるとおりの心配性な伊織さんは、パーティー会場でもつねにそばにいた。移動が必要なときには、必ず腕を貸してくれる。はたからは、もっさりした冴えない婚約者をなぜか溺愛しているように見えるだろう。

会社の関係者のあいさつが途切れ、ちょっと休もうと椅子を探していたとき、若い女性が声をかけてきた。

「こんばんは。浅野結菜さん？」

二十代なかばくらいのとても綺麗な女性だった。

ちょっと小柄で、ハイヒールを履いてわたしよりも少し目線が高くなるくらいの身長だ。くっきりとした二重まぶたの目はややつり上がっていて、高貴な外国の猫を思わせた。

「あなたが伊織の婚約者なの？」

伊織さんのことを呼び捨てにするとは、ずいぶん親しそうだ。

ちょうど伊織さんが席を外したタイミングだった。視線で周囲を探したけれど、彼は少し離れたところで仕事関係と思われる男性と話をしていて、声をかけるのがはばかられる。

とりあえずひとりで対応することにして、頭を下げた。

「はじめまして、浅野結菜です。あの、もうごあいさつさせていただいておりましたでしょうか」

パーティーの最初にとりあえず名刺だけやり取りした方が多かったので、初対面じゃなかったら申し訳ないと思って聞いたのだけど、彼女は軽く鼻で笑った。

「わたしのこと、伊織から聞いてない？」

「いえ、その……」

含みのある言いまわしに、いろんなことが頭を駆け巡った。

一番ありそうなのは、伊織さんが過去に付き合った女性のひとり？

でも彼が、妊婦であるわたしのメンタルに負荷がかかりそうないわくつきの相手をわざわざ婚約披露パーティーに招待するだろうか。

疲れてきたせいかあまり頭が回らず、ぼうっと首をかしげていたら、彼女はいらいらしたように爪を噛《か》んだ。

「ぼんやりした人ね。うちの父も、どこの馬の骨だか知れないような女が藤条家の嫁だなんて世も末だって言ってたわ」

「お父さまが……？」

「父は先代社長の弟よ。つまりわたしにとっては、伊織のパパは伯父《おじ》さまね」

この女性は、伊織さんの従妹《いとこ》ってことか。それなら普通以上に親しそうな態度も理解できる。

「本当は、わたしが伊織と婚約するはずだったのよ」

つんとあごを上げた彼女がさらに言葉を続けようとしたところに、伊織さんが戻ってきた。

「おい、桜子《さくらこ》、結菜に妙なことを吹き込むな。婚約の話は叔父さんが冗談で言っていただけだろう」

「あ、伊織！　最近連絡くれないからどうしたのかと思ったら、急に婚約者をお披露目するなんてびっくりしたわ」

「連絡なんて、ふだんからしていないじゃないか。最後にメッセージを送ったのも年始のあいさつだったはずだ」

彼女——桜子さんへの伊織さんの口調は砕けているけれど、いつもどおりにクールで、特別感があるわけではない。とくにほかの人へのあしらいと変わらない様子には、少しほっとした。

でも、ふたりが並んで話している様子を見て、わたしは少なからずショックを受けていた。

立っているだけで華のある美男美女だった。

顔かたちが整っているというだけではない。上流階級の家庭で教育を受けたからなのか、ふたりともすらりと背筋の伸びた姿に気品があり、見るからにいい雰囲気で釣り合いが取れている。

桜子さんの『わたしが伊織と婚約するはずだったのよ』という言葉が、心に重くのしかかってきた。

豪華列車の旅で偶然出会って一夜をともにしただけのわたしは、本来伊織さんの住むような世界とは縁がない、ごく普通の会社員。

わたしと伊織さんは、そのまま別の世界の人間として生きていくはずだった。

――わたしが妊娠さえしなければ。

赤ちゃんを産む決意をしたことは後悔していないし、伊織さんのためにもあたたかい家庭を作っていきたいと思っている。

でも……。

彼女のほうが伊織さんにふさわしいのではないか。伊織さんが幸せになれるんじゃないかって、不安が込み上げる。

そんな揺れ動く気持ちを感じたのか、顔をのぞき込んできた伊織さんが、手のひらをわたしの額にあてた。

「結菜、大丈夫か？　疲れた？」

そういえば、ずっと立ちっぱなしだった。心だけじゃなくて、体も疲れてきているのかもしれない。

体調を意識したら、急に頭からすっと血の気が引いた。

「ちょっと貧血っぽいかも。どこか……座らせてもらってもいいですか？」

小声で聞いてみたら、伊織さんが即座にわたしを抱き寄せた。

「えっ？」

そして、わたしの背中とひざの下を支えて、力強く持ち上げる。

「い、伊織さん？」

視界が少し上がる。抱き上げられて足が浮いているのに、自分で立っているよりも安定感があった。

「ええっ!?」

わたし、こんな華やかなパーティー会場で、お姫さま抱っこをされている？

彼はわたしをしっかりと抱えて、少し離れたところにあるソファーのほうに歩き出した。

わたしたちの様子を見ていた周囲がどよめいた。

パーティーでお姫さま抱っこなんて、普通はフィクションの世界の話だ。目の前でそんなことをする人がいたら、それは驚くだろう。

「自分で歩けますよ」

焦りまくって伊織さんに訴えたけれど、本人は涼しい顔をしている。

たしかに彼の意図としては、お姫さま抱っこというよりも介護の抱っこに近いだろう。倒れそうに見えたから、抱きかかえて移動してくれただけだ。

だけど、これでは藤条家のトップが、本気でわたしを溺愛していると誤解されてしまいそうなのが気になる。気になる、というか、申し訳ないというか……。

伊織さんはわたしをそっと、柔らかいソファーの座面に下ろした。

「ありがとうございます」

「いや。そろそろ退席するか？」

「少し休めば大丈夫ですよ。心配かけてごめんなさい」

「わかった。だが、大事な体なんだ。本当に無理はしないでくれ」

「はい」

ふと視線を上げると、彼の肩越しに顔をしかめている桜子さんが見えた。

こんなふうに彼女の気持ちを刺激するつもりはなかったのにな。

桜子さんと伊織さんはたぶん、十歳近く年齢が違う。

きっと彼女にとって、伊織さんは憧れのお兄さんだったのだろう。もしかしたら初恋の相手だったという可能性もある。

そんな人がどこのだれともわからない女と結婚するなんて心配だし、文句も言いたくなると思う。その気持ちはよくわかる。

「水をもらおうか。脱水状態になっていたらいけない」

伊織さんが立ち上がり、ウエーターに手を挙げて合図をする。

ざわざわしていたパーティー会場が静かになった瞬間に、桜子さんがぼそりとつぶやいた。

「授かり婚なんて、品がない」

彼女のまわりにいた女性たちがかすかに苦笑する。たぶん伊織さんの親戚の人たちだろう。

やっぱりみんなそう思っているんだ……。

とくに伊織さんみたいな立場だと、ハニートラップのようなことを仕掛けてきて無理やり結婚まで持っていこうとする人もいたのかもしれない。わたしもそうやって玉《たま》の輿《こし》に乗ったと思われているのかな。

桜子さんの言葉が伊織さんの耳にも入ったのか、彼はみんなの視線からかばうように、ふたたびわたしの前にひざをついた。

「なにも心配はいらない。俺自身が、きみと家族になると決めたんだ」

「家族に……」

そうだった。それが一番大事なこと。

伊織さんと、おなかの子と一緒に、家族になるんだ。そのためにももっと強くならなくちゃ。

がんばって笑顔を作り、彼を見上げる。

「わたし、ちゃんといいお母さんになりますから。安心してくださいね」

伊織さんがなぜか切なそうに目を細めた。近くにいるわたしにしかわからないくらいの、わずかな動きだったけれど。

そのあと彼は、はっきりした大きな声で宣言するように言った。

「俺がきみを大切に想っていることがすべてだ」

陰でいろいろ噂をされないように、わざと周囲に聞こえるように話してくれたのだろう。頼りがいのある優しい人なのだ。

結局、伊織さんの配慮で、わたしは少し早めに会場をお暇《いとま》した。彼自身はそのあとも残って、来てくれたお客さまの相手をするようだ。

彼が手配してくれた車の中で、ひとり家に向かいながら考えていた。

伊織さんの子どもを身ごもったことで、わたしは奇跡のような結婚をすることになった。

もちろん、藤条家と縁を結びたい人は多かっただろう。でも家柄なんかとは関係なく、伊織さんと一緒になりたい女性もたくさんいたに違いない。パーティーでわたしが好奇の目で見られていたのは、その事実の裏返しだ。

伊織さんは本当に魅力的な男性だから。

わたしは桜子さんみたいに綺麗じゃないし、なにか秀でた才能を持っているわけでもない。

いまは伊織さんの優しさで家族としての情愛を持ってもらっているけれど、女性として、また人間として、彼にふさわしいとはとても思えない。

「このままでいいのかな」

無意識のつぶやきが聞こえたのか、伊織さんの車の運転手、山本《やまもと》さんがバックミラー越しにこちらを見た。

いつも運転手を務めてくれている年配の男性だ。

「奥さま、お加減がよろしくないようでしたら、少し車を停めましょうか?」

「あ、いえ、ご心配をおかけしてしまってごめんなさい。このまま自宅までお願いします」

「承知いたしました」

「それと、『奥さま』なんて、まだ早いですから……」

『奥さま』という呼びかけが、さっき考えていたこととリンクしてしまって、申し訳ない気分になる。

そんなわたしに、山本さんが穏やかな声で話しかけてきた。

「私は先代の時代から運転手を仰せつかっております。まだ少年のころから存じ上げていた伊織社長に大切な方ができて、大変うれしく思っているのですよ。ぜひ『奥さま』とお呼びさせてください」

「……はい。ありがとうございます」

背筋を伸ばしてハンドルを握る山本さんは、まっすぐ前を見ている。こちらから表情は見えないけれど、静かに微笑んでいる気配がした。

「伊織社長は昔から独立心が旺盛で我慢強く、なにもかもおひとりで背負ってしまわれるところがございました」

「なんでも自分でできてしまう方ですもんね」

藤条家の長男として生まれた彼は、その立場にふさわしく有能だ。それに加えて、生来の性格や少年時代の環境もあって、自立心が強くなったのだろう。子どものころだって、彼が人に甘えている姿は想像できない。

大通りの信号が黄色になり、車がゆっくりとスピードを落とす。

「そんな社長が、あなたと婚約してからは変わられました」

「え……?」

「笑顔が増えて、人当たりも柔らかくなりました。社内でも、社長が気さくになったと評判です」

「気さく? これまでは話しかけにくかったんですか?」

「若くしてトップに立たれた方ですし、頭の回転の速い敏腕家ですからね」

たしかにいかにも切れ者って見た目だから、人によってはとっつきにくく思うのかな。

「実際は、昔から優しくて思いやりのある方です。私も何度も助けていただきました。誤解を受けやすい面もあるのかもしれませんが、奥さま、これからも社長をよろしくお願いいたします」

深い思いのこもった口調に、彼は小さな伊織さんを見守ってきた人なんだ、としみじみと感じた。

母親を病気で亡くしたうえに父親も仕事が忙しく、孤独な日々を過ごしていた幼い男の子。

でも伊織さんのまわりには、直接ではなくても心配してくれる人がきっとたくさんいた。

それはたぶん、いまもそうだ。損得だけじゃなく、伊織さん自身を気にかけてくれている山本さんみたいに。

そんな人がわたしを肯定してくれた。

急にふっと、視界が明るくなったような気がした。自分の内側ばかり見ていた視線が、外の世界に向かう。

これまでは、突然判明した妊娠や伊織さんとの契約結婚といった状況の変化に対応するのに必死で、周囲の人々の思いについて深く考えられなかった。

それでも、運命のいたずらとはいえ、伊織さんの隣に並ぶことになったのだ。せめて、まっすぐに彼を想えるような自分になりたい。

＊＊＊

婚約披露パーティーの翌日、週明けの月曜日。

仕事から帰ってきた伊織さんを玄関で出迎えると、宛名の書かれていない白い封筒を渡された。

「おかえりなさい。これは？」

「婚姻届だ。お披露目もしたし、いい区切りだと思ってな」

「あ……」

とうとう来た。来てしまった。

封筒を持つ手が少し震える。

わたしのかすかな動揺に気づいたのか、伊織さんがそっと封筒を取り上げた。

「また、あとで」

にこりと笑う伊織さんに、神妙にうなずく。

夕食のあと、改めて差し出された婚姻届には、すでに伊織さんの名前が書かれていた。

その隣に『浅野結菜』と署名する。

これは婚姻届じゃない、単なる契約書なんだと自分に言い聞かせて、今度は震えずに名前を書くことができた。

話し合った結果、婚姻届の証人はわたしの両親にしてもらうことになった。母に電話で了承を得て、翌朝簡易書留で郵送する。

数日後に戻ってきた書類を、伊織さんの秘書が代理で区役所に提出した。わかってはいたけど、ロマンチックでもなんでもない、単なる事務手続きだ。

ただその夜、伊織さんがいつもより豪華な夕食を作ってくれて、寝る前に額と頬と、ふたつの指輪がはまった指先にキスをしてくれた。

そして、『入籍したら寝室を一緒にする』という最初の約束どおり、わたしたちは夫婦用の寝室で休むことになった。

「これからよろしくな、結菜」

「はい」

わたしはとうとう『藤条結菜』になってしまった。大切な人と結婚したという事実がほんのりうれしくて、その結婚が契約だという現実がちょっぴり切ない。

「じゃあ、おやすみ」

「おやすみなさい……」

同じベッドで横になる。キングサイズの大きなベッドだ。

広いぶん、揺れやきしみは感じづらいのだけれど、伊織さんが寝返りを打つとその気配は生々しく伝わってくる。

彼が関係を迫ってくるようなことはないとわかってはいる。でも、わたしはしばらくの間緊張していた。

そんなわたしの緊張をよそに、伊織さんはすぐに寝てしまった。防音設備が整った静かな寝室に、穏やかな寝息だけが聞こえている。

それはそれで、複雑な気分になった。

伊織さんと体を重ねたのは、あの『グラントレノ あきつ島』の夜だけだ。おなかの子を授かった一夜だけ。

ほっとはしたけれど、心の奥には、好きな人に相手にされないさみしさもたしかにあった。

＊　＊　＊

数日後、やっと決心をしたわたしは、会社の上司に結婚と妊娠を伝えた。

上司は、すでに社内に蔓延《まんえん》していたわたしと藤条さんの噂を知らなかったのか、ものすごく驚いている。

「浅野さん、いやもう藤条さんなのか。今後、仕事は続けるのかね？」

少し薄くなってきた頭をかいて困惑したように聞く上司に、ためらいながら答えた。

「ご迷惑をおかけするかもしれませんが、できれば働きたいと思っています」

なにしろ藤条グループのトップとの結婚だ。仕事は辞めると思われるだろうとわかっていた。

いまのところまだ、伊織さんに仕事を続けるかどうかの相談はしていない。

会社を辞めるということは、自分の手で安定した収入を得る手段がなくなるということだ。

わたしの場合、この会社や事務仕事に愛着があるわけではない。ただなんとなく将来が不安で、伊織さんと仕事の話をするのを避けていた。

人事システムで総務部に報告し、戸籍上の名字の変更を届け出て、旧姓使用の希望を出す。

ついでに、以前のアパートから伊織さんの家へと住所の変更もした。本当は早くやらなきゃいけなかったんだけど、アパートは引き払っていないし、まだいいかなと先延ばしにしていたのだ。

自分の席でパソコンの画面に向かっている間に、すでに同僚たちの視線は感じていた。

――後輩に恋人を略奪された営業二課の浅野結菜が、セレブと結婚した。しかも、おめでたらしい。

センセーショナルな噂話は、またたく間に社内に広がったようだ。

同僚や知り合いの社員から祝福の声をかけられたりもしたけれど、基本的にはちょっと遠巻きにされているかんじだ。わたしもあまり騒がれたくないので、会社ではひたすらおとなしく目立たないように過ごしていた。

やっと終業時刻になったので、迎えに来てくれた車でそそくさと帰宅すると、門扉の前に赤いスポーツカーが停まっていた。流線形のフォルムが美しいツードアのクーペだ。

電動門扉のリモコンを手にした運転手の山本さんがつぶやく。

「お客さまですね」

明らかにうちの前に停車している。伊織さんは今夜遅くなると言っていたので、いま、家は無人なのだ。

だれだろう。伊織さんを待っているのかしら。

「あの車、ご存じですか？」

山本さんに聞くと、「はい」という返答があった。知り合いのようだ。

「あちらは――」

彼が答えようとしたとき、スポーツカーのドアが開いた。

ドライバーズシートから現れたのは、すらりとした若い女性だった。清楚《せいそ》な雰囲気のワンピースを着たその女性は……。

「あれ、桜子さん？」

婚約披露パーティーであいさつをした、伊織さんの従妹だ。

そのときあまり好意的ではない視線を向けられたので、正直なところ桜子さんには苦手意識がある。

彼女はつかつかとこちらに近づいてくると、車の前に立った。

わたしも慌てて車を降りようとしたけれど、彼女は顔の前でひらひらと手を振る。

止まれ、または降りなくていいというジェスチャーだ。

そのあと彼女は門扉を指差すと、さっと自分の車に戻っていった。中に入れて、ということらしい。

桜子さん自身には生粋のお嬢さまらしい上品な雰囲気が漂っているのに、態度は意外とてきぱきしている。真っ赤なスポーツカーを自分で運転しているのもギャップがある。

少しぼうっと考え込んでいたら、山本さんが振り返った。

「奥さま、門を開けてもよろしいですか」

「は、はい」

山本さんがリモコンを操作すると、かすかに音を立てながらスムーズに門扉が開いた。

こちらの車のあとから、桜子さんの車がついてくる。

伊織さんの従妹を拒否するという選択肢はないので、車を駐車場に停めた彼女を家に招き入れた。

リビングルームに案内して、ソファーで待ってもらう。お茶を淹れて持っていくと、彼女は首をかしげて部屋を眺めていた。

「平屋なのね。しかもフルフラットで、高齢者向けの住宅みたい」

この家を初めて見たような言い方だ。従妹の桜子さんは、伊織さんと付き合いが長いはずなのに――と思ってからすぐ気づいた。

ここは伊織さんが購入したばかりの新居だから、桜子さんもこれまで来たことがないのだ。

彼女はうさんくさそうな顔をしていた。

「……それとも、身重の女性用なのかしら？」

古めかしい言い方だけど、要するに妊婦ってことだ。

わたしは桜子さんの前にお茶を出しながらうなずいた。

「伊織さんが心配して、この家を用意してくれたんです」

「ふーん。意外だわ」

「そうですか？　いつもクールに見えるけど、優しい方ですよね。桜子さんのほうがご存じかもしれないですけど」

ほんの数か月の関係しかないわたしよりも、伊織さんのいろんな顔を知っているだろう。

素直な気持ちでそう言うと、桜子さんはちょっと目を見開いた。

「皮肉、じゃないのよね？」

「皮肉？」

「自分はあなたより伊織のことをよく知っているんだからって、逆説的に言いたいのかと」

「ええっ？」

そんなつもりはなかったので、焦ってトレイを落としてしまった。

お茶を出したあとでなにも載っていない木製のトレイが、無垢《むく》材のフローリングにあたってコンと音を立てる。

それを桜子さんが拾ってくれた。

「ちょっと」

「ごめんなさい！」

「あなたになにかあったら、伊織に怒られるじゃない」

「はい……え？」

「皮肉じゃないってことはわかったから、とりあえず座ってちょうだい」

「あ、あの、はい」

軽く深呼吸をして、桜子さんの対面のソファーに腰かける。

伊織さんとの結婚を望んでいた女性に、皮肉に取られてしまうようなことを言うなんてうっかりしていた。

「すみません。わたし、おおざっぱで気遣いが足りなくて」

「まあ、その調子だと、今後の裏方外交は大変そうよね」

「裏方外交？」

「奥さまたちの社交のことよ。藤条家ともなると、いろいろ人付き合いがあるのはわかるでしょ」

なるほど、これまではあまり意識しなかったけど、婚約披露パーティーのことを考えると関係者との交遊も大変そうだ。

桜子さんはお茶に口をつけると、さっさと話題を変えた。

「さっき、こういう新居を購入したのを意外と言ったのは、伊織が優しいとか冷たいとかっていう話じゃないの」

「それでは、意外ってどういう意味なんですか？」

大きな黒い瞳がじっとわたしを見据える。

「伊織はあの見た目どおり、いままでの恋人にはクールだったわ。こんな巣作りをするようなタイプじゃない」

「…………」

「だから……んもう！　理解しなさいよ」

「え？　あの？」

「伊織が本気であなたを大切に想っているんだってこと！　この家を見て、なんとなくわかったわ」

「は……？」

「最初、伊織が結婚するって聞いたときは驚いた。去年は、当分仕事に専念したいって言ってたから。しかも、相手が身ごもっているっていうじゃない。伊織らしくないけど、罠《わな》にかかったんだって思ったのよね」

初めて伊織さんと『グラントレノあきつ島』で出会ったとき、わたしが名刺を渡すと彼はとても警戒していた。自分と親しくなるためにカメラバッグを蹴ったのではないかと誤解したのだ。

彼の周囲も、授かり婚のわたしは彼に愛されたわけではなく、うまくやったんだと考える人も多いだろう。

たしかに妊娠をきっかけに契約結婚をしたのだから、そう思われても仕方がないかもしれない。

気持ちが沈んできて思わずうなだれると、桜子さんは長々とため息をついた。

「この際だからはっきり言うと、パーティーで見かけたあなたは、なんの取り柄もなさそうな平凡な女性だった。伊織がどうしてこんな地味な女に……って謎だったのよね」

「それは自覚してます」

桜子さんのほうが状況を的確に把握しているようで、つい苦笑してしまう。

彼女は不機嫌そうに目をすがめた。

「せめてドレスくらい、なんとかすればよかったのに」

わたしが平凡なのはそのとおりだけど、パーティーのときのワンピースについては言っておかなくちゃ。

「あのワンピースは伊織さんにいただいたんです。体を締めつけたり冷やしたりしないよう気遣ってくださって。わたしは素敵なワンピースだと思いました」

桜子さんはやれやれと首を振った。

「あー、やっぱり。この家を見て、なんとなくパーティーの日の服装も伊織が選んだんだろうなって思ったわ」

そして、ふたたびリビングルームを見まわし、ぼそっとつぶやいた。

「共通するコンセプトは、『過保護』ね」

「過保護」

わたしは伊織さんが全般的に心配性なのだと思っていたけど、もしかしたらわたしと赤ちゃんにだけ過保護なの……？

ぴんと来なくて黙り込むわたしに、桜子さんが小さな紙袋を差し出した。

「どうぞ」

それは高級ブランドのショッパーだった。白地にブランドロゴが入っているだけのシンプルなショッパーだけど、たぶん女性ならだれでも知っている。

「これは？」

「開けてみて」

ショッパーの中には白い箱がひとつ。化粧品のように見える。

「正式に結婚したんでしょ？　とりあえずだけど、そのお祝い」

「ありがとうございます」

「オーガニックのマタニティークリーム。敏感肌でも大丈夫なやつだから、安心してちょうだい」

桜子さんはつんと顔を上げている。高慢ちきなお嬢さまみたいに見えるけど、本当はいい人なのかな？

「桜子さん、そのためにわざわざ来てくださったんですか？」

そう聞いてみると、彼女はちょっと意地悪そうに唇を歪めて笑った。

「もちろんこれは口実で、本当は偵察よ」

「偵察？」

「うちの父に伊織が遅くまで会議なのは聞いていたから、今夜ならあなたと一対一で話せると思ったの。伊織の相手がどんな人なのか、ちゃんと確かめたくて」

偵察、という表現にはあまり深刻さを感じない。でも、わたしという人間を確認しに来たのは本当だろう。

ただ、桜子さんの態度が少しずつ変わってきているように感じて、どんなテンションで返事をしたらいいのかよくわからなかった。

ひとつ確実なのは、桜子さんが伊織さんを本当に心配していること。それは伝わってきたので、わたしは正直に自分の気持ちを話すことにした。

「桜子さんのおっしゃるとおり、わたしは凡庸な人間です。履歴書に書けるような立派な経歴はないし、容姿だってとくに優れたところがあるわけでもない」

「……………」

「あ、卑下しているわけではなく、客観的に見てそうだよねって。でも、そんなわたしでも、できることを見つけたんです」

沈黙している桜子さんの反応は気になるけれど、これだけは話しておきたい。

自分の下腹部にそっと手を置く。

「わたしはにぎやかな大家族の中で育ちました。両親と、おじいちゃん、おばあちゃんに、弟もふたりいます。愛情に満ちた居心地のいい家庭です」

長野の実家を思い出す。

家族で旅館を営んでいたから、大人たちはいつも忙しくて、長女のわたしが弟の母親代わりだった。同級生の女友達と比べて自由のない生活だったけど、わたしは家族でいるのが楽しかった。

「伊織さんとも、そんなあたたかい家庭を作りたい……ううん、作るんだって決意しました」

顔を上げて正面から桜子さんを見た。

わたしは欠点だらけの人間だ。うじうじと悩むこともあるし、気が利かなくて人を傷つけてしまうこともある。

でも、これは伊織さんへの気持ちであるのと同時に自分の夢でもあるから、絶対に叶えるのだ。

鼻息を荒くしたわたしをぽかんと見つめていた桜子さんが、ふっと息を吐いた。そして、くすくすと笑いはじめる。

「あの、桜子さん？」

彼女は綺麗にネイルをした指先で目もとににじんだ涙をぬぐうと、急に真面目な顔をした。

「伊織のこと、頼むわよ」

「え？　は、はい」

「わたしが物心ついたころには、もう伊織はひとりだった。わたしにとってはかっこいいお兄さまだったけど、ずっとさみしかったと思うの」

泣きごとも愚痴も言わず、周囲の期待に応える優秀な男の子が、料理を趣味にするようになった経緯を想像する。伊織さんは自分では言わないけど、少年時代の繊細な心の片隅にはぬぐい切れない孤独を抱えていただろう。

桜子さんが、ふっと笑みをこぼした。これまでで一番柔らかい笑顔だった。

「伊織をひとりぼっちにしたら許さないんだから」

たまらない気持ちになる。知らず知らずのうちに涙が込み上げてきて、あふれそうになった。

ここにも、伊織さんを心配してくれている人がいた。運転手の山本さんもそうだけど、勝手にありがたく思ってしまう。

わたしには過去の伊織さんは抱きしめてあげられない。そのぶん、未来の伊織さんを大切にしよう。

そのあと、桜子さんから少年時代の伊織さんの話を聞いた。暖炉の薪がはじける音が、彼女の穏やかな声に重なる。

もう少し聞いていたいと思っていたところに、伊織さんが帰ってきた。

そろそろ自宅に戻るという桜子さんと一緒に、彼を出迎える。

「おかえりなさい。夕方、桜子さんがいらっしゃったの」

伊織さんはネクタイをゆるめながら、うさんくさそうに年下の従妹を見た。その視線の向け方が桜子さんとどこか似ていて、血のつながりを感じさせる。

桜子さんはいたずらっぽく笑って、なぜかわたしの腕に抱きついてきた。

「桜子、なにをするんだ」

伊織さんがとがめるように声を上げる。

「ふふ、伊織の奥さんと仲よくなったのよ、わたし」

そしてわたしの耳もとに唇を寄せ、小声でささやいた。

「藤条の家のこととか、困ったことがあったら連絡して。協力するから」

きょとんとするわたしに、桜子さんが軽くウインクする。

「あなたのためじゃないわよ。伊織に恥をかかせたくないだけだから」

彼女は「じゃあ、またね」と言うと、颯爽《さっそう》と玄関を出ていった。

あっという間の出来事でまだちゃんと消化できないけれど、どうやら彼女は味方になってくれるみたいだ。

「結菜、大丈夫だったか？　あいつは気が強いけど、悪いやつじゃないんだ」

伊織さんが心配そうにのぞき込んでくる。

わたしはほっこりとした気分でうなずいた。

「ありがとう。大丈夫。桜子さんは優しくて頼りになる方ですね」

「優しい……か？　そんな性格だったかな？」

首をかしげて本気で悩んでいる伊織さんからコートを預かって、玄関の脇にあるコートクロークにしまう。

桜子さんは困ったことがあれば協力すると言ってくれた。伊織さんも、頼めばなんでもしてくれるだろう。

彼に気づかれないように、小さくため息をつく。

わたしはみんなに頼ってばかり。わたしにも、未来のためにできることがあるだろうか。

ただ、具体的なイメージが浮かばない。

伊織さんが書斎に荷物を片づけにいくうしろ姿を見送りながら、今度は深く息を吐いた。

＊＊＊

異変が起きたのは、まだ冷え込みの強い三月中旬のことだ。

その日、わたしは会社を休んで自宅にいた。具合が悪かったわけではないのだけど、前日に少し出血があって、心配した伊織さんに出社を止められたのだ。

「あ……」

午後になって、あたたかいお茶でも飲もうと思ってお湯を沸かしているときに、突然おなかが痛くなった。

とっさにＩＨコンロの電源を落として座り込む。

足の間に濡《ぬ》れた感触があった。トイレに駆け込んで見ると生理のときのように出血している。

「どうしよう」

明らかになにかが起きている。

怖い。いやな予感がして、心臓が早鐘を打つ。

額に冷や汗が浮かんだ。

「伊織さん……」

どうしたらいいのか、冷静に判断できない。パニックになりかけた頭に、ただ伊織さんの顔だけが浮かんだ。

家にいるときでも持ち歩くように言われているスマートフォンで、トイレから伊織さんに連絡する。

昼休みは終わっている時間帯だったけど、彼はすぐに電話に出た。

『結菜、どうした？』

低く響く落ち着いた声に安堵して、少し鼓動が収まる。

「伊織さん、どうしよう」

『ん？』

「いま、出血してしまって」

伊織さんは一瞬息を止めたけれど、すぐにゆっくりとわたしに語りかけた。

『三十分以内に戻る。それまでひとりでいられるか？』

「ええ。待ってます。でも……」

我慢できなくてしゃくり上げた。

伊織さんの子を身ごもってから——伊織さんに恋してから、泣いてばかりいるような気がする。

「お願い……早く帰ってきて」

『わかった。最速で帰る』

「ごめんなさい。本当にごめんなさい」

『謝らなくていい。大丈夫だよ。電話はつないだままでいるから、なにかあったらすぐ教えてくれ』

スマートフォンの向こう側で、伊織さんがだれかに指示をする声がする。ぼんやりと人々のざわめきが聞こえる。

どうやら会議中だったらしい。

迷惑をかけてしまったと後悔したけれど、それ以上に恐ろしくて、すがるようにスマートフォンを握りしめる。

赤ちゃんがどうにかなってしまったら、どうしよう。

わたしの子ども。伊織さんとわたしの娘。

一度はあきらめようと思っていた命だったのに、この子はもうかけがえのない存在になっていた。

伊織さんは会社の中でも、会社から出て乗った車の中でも、電話口で泣きじゃくるわたしをなだめつづけてくれる。

そのままトイレでうずくまって待っていたら、ようやく伊織さんが帰ってきた。信じられないくらい長い時間に思えたけど、ちらっと時計を見ると二十五分ほどしか経っていなかったみたいだ。

「結菜、遅くなったな。すぐ病院に行く。もう連絡はしてある」

「伊織さん……」

彼に抱き上げられて、たくましい肩にしがみつく。いまこのとき、伊織さん以外の人に頼ることは考えられなかった。

この人が、赤ちゃんのパパ。わたしと同じ深さの愛情を赤ちゃんに抱いてくれる、たったひとりの人。

わたしの焦りや恐怖を、きっと彼も感じている。

でも、わたしみたいに泣くだけじゃなくて、仕事を切り上げる算段をつけ、病院の手配をして、押しつぶされそうな心まで支えてくれる。

伊織さんはすがりつくわたしをしっかりと抱きしめてから、そっと手を離して車に乗せた。


かかりつけの産婦人科を受診すると、切迫流産だと告げられた。

完全な流産ではない。子どもはまだおなかで生きているけれど、流産の一歩手前で、きわめて危ない状況だった。

自宅で絶対安静にするよう厳命され、療養生活が始まった。

「なにか、体によくないことをしちゃったのかな」

赤ちゃんを命の危機におとしいれてしまった。トイレで出血を見たときの恐怖がよみがえる。

産婦人科の先生は『お母さんのせいではありませんよ』と言ってくれたけど、どうしても自分を責める気持ちが収まらない。

広々とした夫婦の寝室。ふたりで寝ても余裕のあるキングサイズのベッドのすみっこで、わたしは横向きになって丸くなっていた。

おなかを圧迫しないように気をつけて、できるだけ楽な体勢を探す。

ベッドの横に腰かけた伊織さんが、ゆっくりと頭をなでてくれる。

「結菜のせいじゃない。先生も言っていただろう？　安静にしていれば大丈夫だって。あまり自分を責めてはいけないよ」

「ええ、わかってはいるんだけど、怖くてしょうがないの。この子を失ってしまうんじゃないかって。赤ちゃんを助けられるなら、いっそ自分の命を引き換えにしてもいい」

収まったはずの涙が、またぽろりとひと粒こぼれる。

一度こぼれてしまうと、涙は堰《せき》を切ったように次から次へとあふれた。

「伊織さんにも、迷惑をかけてしまってごめんなさい」

できるだけ横になって、なにもしないようにというのが主治医からの指示だ。数週間は、家事もお風呂も禁止。

掃除や洗濯はもともと家事代行サービスの人がやっていたし、夕食は伊織さんが作ってくれていた。でも最近は調子がよかったので、わたしも朝食を用意したり、簡単なお菓子を焼いたりしていた。

彼はわたしが作った素朴なクッキーをとても喜んでくれた。そんなちょっとしたこともできなくなる。

「迷惑なんか、なにひとつかけられていない」

伊織さんがベッドから降りて、床にひざをつく。

そして、わたしの顔をのぞき込んで、じっと見つめてきた。

秀麗な顔に、暗い影が差している。眉間に寄ったしわや引き結ばれた唇が、ひどく不機嫌そうに見えた。

伊織さんに否定的な感情を抱かれるのが怖くて、すぐに目を閉じる。

だから、彼の指先が頬にふれたとき、思わずビクッとしてしまった。すると、その指は静かに離れていく。

自分が怯えておきながらこんなことを思うなんて理不尽だけど、伊織さんにふれられていないのがさみしい。

彼の小さなため息が聞こえた。

「きみがいてくれるだけでいいんだ」

「………？」

伊織さんの声が震えている？

しかも『きみがいてくれるだけでいい』って、どういうこと？

意味のわからない言葉が気になって、そっと目を開けると、伊織さんはベッドの横でうつむいていた。

そして、吐息のような声でささやく。

「家に帰ってきて、きみの青白い顔を見たとき、恐怖と後悔で押しつぶされそうになった」

注意していないと聞きもらしてしまいそうな、かすれたつぶやき。

もしかして伊織さんは不機嫌だったわけではなかったの？

わたしと同じように、ただ真実を直視することが怖くて、ままならない現実が心配だったの？

「結菜が本当のことをなにも知らないまま、俺を残して逝ってしまうかと」

本当のことってなんだろう？

さっきから伊織さんの言っていることがよくわからない。なにか、わたしが知らない秘密があるのだろうか。

でも、隠しごとは当然あるだろうなと思う。わたしたち、法律上は正式な夫婦だけれど、実際はそうじゃないのだから……。

伊織さんはしばらく押し黙ったあと、目を上げた。

迷いを振り切ったような強い瞳に、胸がどきりと音を立てる。

「ずっと言えなかったことがある」

「言えなかったこと……」

「ああ」

横になった状態のまま、わたしの目の高さにかがんだ彼の顔を見つめる。

いままで見たことがないほど、真剣な表情だった。

「俺たちの子どもは、もちろん大切だ。でも、俺はきみがいないと、もう息すらできないんだ」

「……え？」

「結菜、命を引き換えにするなんて言わないでくれ。頼む……」

言葉の語尾がかすれて、彼はつばを呑み込んだ。

伊織さんは気持ちを落ち着かせるように、一度深く呼吸をする。

「いまさら、こんな告白をしてすまない。きみが俺を恋愛対象として見ていないのはわかっているんだ」

「そんなことはないけど、なんで――」

「『あきつ島』の最後の日、きみは軽井沢で『しばらく恋はしたくない』と言っていたし、上野駅で別れたときもう俺と会う気はなかっただろう？」

「それは、そうですけど……」

あのときは単なる一夜のあやまちだと思っていたし、わたしが伊織さんとお付き合いを続けるなんて現実的じゃないと考えていた。

だって、相手は日本有数の大企業のトップだ。地味で平凡な自分が一度抱かれたくらいでいい気になって、彼女づらをするなんてできるわけがない。新しい恋に期待したって傷つくだけだ。

そう。恋人に裏切られたばかりだったわたしは、傷つくのが怖かった。

ふっと視線をそらしたわたしを見て、伊織さんは苦笑した。そしてまた、真摯な表情に戻る。

「それでも、俺はきみが欲しかった」

「……伊織さん？」

「愛してる」

一瞬、彼の言葉が理解できなかった。

アイシテルって聞こえたけれど、どう変換したらいいのか。

たった五文字の言葉が、頭の中でまとまらない。

「あの、それは、どういう意味ですか？」

伊織さんの涼しげな瞳の中に、熱く揺らめく炎が見えた気がした。

「ひとりの男として、結菜を愛しているということだ」

「は……い？」

「なにがあっても、きみをだれにも渡さない。あのいらだたしい元恋人にも、きみを奪っていこうとする死神にも、絶対に」

「だって、この結婚は契約のはず、でしたよね？」

「『あきつ島』を降りてからずっと、俺は結菜を忘れられなかった。きみに電話をもらったころ、ちょうど俺から連絡しようかと思っていたんだ。失恋したと聞いていたから、時間を置けば次の恋をする気になるんじゃないかってね」

それは、あの夢みたいな一夜からずっと、わたしを想っていてくれたということなの？

「嘘……」

彼の視線はまっすぐで揺るがない。

「嘘じゃない」

「思いがけずきみが身ごもっていたとわかり、驚きはしたがうれしかった。不純ではあるが、これで公然と結菜を手に入れられると。きみが乗り気でないことはわかっていたから、契約という形ならきみを縛れると思ってしまったんだ」

「愛のない契約結婚……じゃなかったの？」

「すまなかった。だが、もうこれ以上、自分の気持ちをごまかすことはできない」

信じられない。

わたしが、伊織さんに愛されている？

彼は再会してからずっと優しかった。そういう性格なんだと思っていたけど、それはわたしに対してだけの愛情だったの？

傷つくことが怖くて踏み出せなかった、小さな一歩。

いま、前に歩きはじめてもいいのだろうか。

わたしは毛布の中から手を出して、伊織さんのほうに伸ばした。

それに気づいた彼が、冷えた指先を手のひらで包み込む。

「あたたかい……」

「きみは冷たいな。大丈夫か？」

「あの日、『あきつ島』を下車したとき、わたしは新しい恋を始めるのが怖くて、あなたから逃げ出してしまった」

「ああ。きみは傷ついていたんだ。それ以上、苦しみたくないと思うのは当然だ」

「でも、もしかしてわたしが逃げてしまったことで、伊織さんを傷つけてしまっていたの？」

伊織さんが、ひゅっと息を呑んだ。

もし彼が最初から、わたしとの関係を続けるつもりでいたとしたら。

わたしは、さっき彼が言っていたとおり『しばらく恋はしたくない』なんて話や、ほかの女性との結婚を勧めるようなことまで言ってしまった覚えがある。

伊織さんからしたら、わたしのほうが彼の心をもてあそんで、先の約束もせずに去っていった身勝手な女になるのではないだろうか。

「ごめんなさい。わたし、そこまで考えていなくて」

「そんなことは気にしなくていい。きみがここにいてくれるだけで、俺は報われている」

彼のひたむきな表情が嘘や冗談だとは思えなかった。

「ただ、俺の気持ちだけは知っていてほしい。きみは俺にとってかけがえのない、唯一無二の大切な存在だ」

この人を……信じてもいいのかもしれない。

ううん、信じたい。自分の意思で、彼を信じようと思った。

伊織さんの手に包まれた指を曲げて、ぎゅっと彼の指先を握りしめる。彼の手のひらはあたたかかったのに、指先はわたしと同じように冷えていた。

彼の瞳が優しくとけて、甘い色を帯びる。

「わたしも、あなたが好きです」

ちゃんと伝えようと思ったのに、声が震えてうまく話せない。

わたしの言葉は、はっきりと聞こえただろうか。

「結菜？」

「ずっと隠してきたけど……あなたを愛しています」

伊織さんが大きく目を見開いた。

「嘘だろ？　信じられない」

「わたしと同じこと、言ってる」

いまはそんな場合じゃないとわかってはいるけれど、思わず、くすくすと笑ってしまった。

彼も少しだけ表情をゆるめる。

「伊織さん、もうちょっとこっちに来て」

「ん？」

ちょっと不思議そうな顔をしながらも、ためらいなく顔を近づけてくる伊織さん。

わたしは少し身を乗り出して、その唇に口づけた。

「結菜⁉」

伊織さんが本気で驚いた顔をしている。

『いってらっしゃい』のキスや『おやすみなさい』のキスはしていたけれど、そういえば、わたしから口づけたのは初めてだったかもしれない。

だんだん恥ずかしくなってきて、目を伏せる。

それでも、これだけははっきり言っておかなくちゃ。

「この子が生まれて、わたしの体調も戻ったら……」

「ああ」

「本当の奥さんにしてもらえますか？」

ただの男と女としてもう一度恋をはぐくんで、ぬくもりを分け合って、今度こそ伊織さんと夫婦になりたい。

心と心のつながった、ごく当たり前の夫婦に。契約じゃない夫婦に。

その瞬間、伊織さんが息を呑んだ。自分を落ち着かせるように一拍置いてから髪をかき上げる。

　さすがに大胆すぎるお願いだったかな。

　いまさら後悔していたら、伊織さんが押し殺した声を上げた。

「まずい。我慢できなくなりそうだ」

「えっ？」

「いや、すまない、忘れてくれ」

　とろりとした蜂蜜みたいに甘い、伊織さんの笑顔。

　今度は彼のほうから近づいてきて、唇と唇がふれた。

「きみが愛しくてたまらないんだ」

　優しいキス。

　あたたかい舌がぺろりと下唇をなめる。

「ん……っ」

　すぐに伊織さんは離れていった。

「いまはこれ以上しないから。ゆっくり休んで、俺たちの娘を守ってほしい」

　つながっているのは指先だけ。

　いまのわたしたちは、抱きしめ合うことすらできない。

だけど、伊織さんの愛情に包まれている。

そのあたたかさを全身に感じる。

「きみのためならなんでもするから、俺を置いていかないでくれ」

懇願するように、祈るように、わたしの爪に口づける伊織さん。

「改めて、きみに本気の愛を誓う。結菜、俺と結婚してほしい」

「プロポーズ？　どうして？」

「ああ。契約だなんて言ってしまったプロポーズをやり直させてくれないか」

「伊織さん……」

ここは素敵なレストランじゃない。絶対安静のベッドの上。

きちんとした服も着ていないし、メイクだってしていない。泣きすぎて腫れたまぶたに、だぶだぶのパジャマだ。

でも、どんなおしゃれなシチュエーションでプロポーズされるよりも、ずっとうれしかった。

「はい。もちろん、喜んで」

そっとうなずくと、伊織さんは幸せそうに微笑んだ。

あたたかいオレンジ色の光が彼の頬を照らす。三月の日暮れは早く、寝室の窓の外はもう暗くなりかけていた。

夕焼けの色に、彼と初めて出会った『グラントレノ あきつ島』の車窓から見た紅葉が重なる。

赤や黄色に染まった、美しい日本の秋。

伊織さんはご両親を思い出しながら、朱に染まった山肌よりももっと遠いところを見つめていた。

お父さまが亡くなったあと、藤条ホールディングスのＣＥＯに就任して激動の一年を過ごし、自分に少しだけ息抜きを許した孤高の御曹司。

恋に臆病になっていたわたしは、彼に惹かれつつある気持ちにふたをして、一度は忘れようとした。けれど、思いもかけず彼との間に新しい命を授かって、ふたたび縁が結ばれた。

いま思えば、おなかの赤ちゃんが、いろんなことをあきらめていたわたしの心に希望の灯をともしてくれたのかもしれない。

運命の扉を開いてくれた子、そしてだれよりも愛しい夫とともに、これからの人生を生きていく。

今日の美しい夕暮れを、わたしはきっと一生忘れないだろう。

＊＊＊

彼と相談して、会社は休職ではなく退職することにした。

とにかくいまは、わたしを心配して、ひどく心を痛めている伊織さんを大事にしたい。そして、おなかの子のために最善を尽くしたい。

結婚前にシングルマザーになろうと決意したとき、いずれ地元に戻ろうと考えていたので、決断にためらいはなかった。

上司に電話で切迫流産の件を伝えて、絶対安静のため直接あいさつと引き継ぎができないことを謝った。就業規則にのっとって二週間後に退職となるはずだ。

さあ、これから数か月、赤ちゃんを守る静かな戦いが始まる。

でも、きっと大丈夫。どんな出来事だって乗り越えていける。わたしには最愛の味方がいるのだから。

第四章　未来に向かって

「お母さん、このぶり大根、おいしい！」

大好物の料理を頬ばるわたしに、母が明るく笑った。

「あはは、あんたは昔からぶり大根が好きだったもんね」

「お母さんのぶり大根、大好き。自分で作っても、この味にならないんだよね」

「そりゃあ、年季が違いますから」

自慢げに胸をそらす母を見た伊織さんが、穏やかに微笑む。

おなかの子を流産しかけてから、ひと月ちょっと。

わたしと伊織さんは、上京してきた母と三人で食卓を囲んでいた。

この一か月は自宅でずっと寝ていたのだけど、やっと最近状態が落ち着いて、主治医からも少しずつなら動きはじめていいと許可が出た。

気力と体力が回復してきて、昨夜ようやく実家に電話した。弱っている姿を見せて心配をかけたくなかったし、伊織さんがいてくれればなんとかなると思っていたから、連絡は控えていたのだ。

母は電話口で泣いていたけれど、翌朝すぐ東京に来てくれた。

こちらにもスーパーはあるのに、なぜか大根をはじめとした食材を一式抱えて大荷物でやってきた母に、最初伊織さんは目を丸くしていた。

初対面のあいさつをひととおりすませると、母は早速キッチンに立って昼食を作りはじめたというわけだ。

母のてきぱきとした行動を呆気に取られて眺めていた伊織さんは、まずわたしをソファーに座らせると、食器を出したり調味料を用意したりして母のアシスタントをしてくれた。

懐かしい手作りの料理を食べながら、伊織さんが改めて頭を下げる。

「お義母《かあ》さん、わざわざ遠くから来てもらったうえに、食事まで用意していただき申し訳ありません」

土曜日のお昼。

休日の食事はいつも伊織さんが作ってくれるので、家政婦さんの作り置きはちょうど昨日のぶんで終わっていた。

「いいのよ。お代わりは？」

「ああ、はい。じゃあ、もう少しだけ」

伊織さんにご飯のお代わりをよそいながら、母も軽く頭を下げた。

「こちらこそ大変なときに押しかけちゃってごめんね。わたしは三人とも安産だったから役に立たないかもしれないけど、それでもなにかしたくてね」

「結菜も心強いと思います。男の私では行き届かないところも多いでしょうから」

「そんなことはないでしょ。わたし、びっくりしたわよ。こんなに至れり尽くせりにしてもらっているなんて。ね、結菜」

「そうね。ほんとによくしてもらってるよ」

母は、ダイニングテーブルの隣の席に座ったわたしを見てから、ぐるりとまわりを見まわした。

「このおうちもすごく立派だし、掃除や洗濯も家政婦さんが全部やってくれるんだって?」

「うん、いまはとくにね。絶対安静でなにもできなかったから」

感心したようにうなずく母。

電話でもこちらの生活について話してはいたけど、実際に見るとまた印象が違うみたい。

「結菜の旦那さんにも会えたし、これなら安心して帰れるわ」

昨日の今日で浅野屋旅館の仕事を休んで駆けつけてきた母は、明日には長野に戻るという。

「今度はもっと早く連絡ちょうだいね、結菜。そしたら旅館のほうも手伝いを頼んで、長めに休めるから」

「ありがと。でも、大丈夫だから。みんなに迷惑かけられないよ」

「あんたは、いつもそうやって遠慮するんだから」

苦笑する母に、わたしは本気で首をかしげた。

「え？　そう？　わたし、遠慮なんてしたっけ」

思いあたる節がない。

大家族の中で、放置気味と言ってもいいほど自由に育ててもらった。家族仲もいいし、遠慮なんかした覚えはない。

高校までは地元の学校に通ったけれど、大学からは東京に出て、こちらで就職すると自分の意思で決めた。そのときも、とくになにも言われなかった。

母が少しぼんやりしていたので、大皿のサラダを母と伊織さんに取り分ける。

「ああ、ありがとうね。結菜は子どものころから面倒見がよくて、ついお母さんも甘えちゃったのよ。弟ふたりが年子で大変だったしねえ」

「わたし、弟たちの世話をするのは全然平気だったよ」

「昔、保育士さんになりたいって言ってたもんね」

「そういえば、そうだったね。子どもが好きだったから……。あと、それにね、お母さんたちは旅館の仕事で忙しかったし、家族で助け合うのは普通でしょ？」

「でも、そのせいであんたは、お姉ちゃんなんだからしっかりしなきゃって思うようになったでしょう」

「うーん、どうなんだろう」

　これまで意識はしていなかったけど、たしかに長女としての責任感はずっとあったし、旅館は弟が継ぐのだから、わたしは自立しようという思いも強かった。だから東京の会社に就職したんだし。

「別にそれが悪いわけじゃないけど、今回みたいなときはもっと頼ってくれてもいいのよ？」

「でも……わたしは大丈夫だから」

「わかっているわよ。いまは伊織さんもいるしね。それでも、どんなに心配をかけられても、子どもの心配をできるのが親の幸せなんだからね。それは忘れないでよ、結菜」

隣に座っている母が、わたしの頭をなでる。

こんなふうになでられたのは、子どものころ以来だった。わたしよりも背の低い母の小さな手が、実際よりも大きく感じた。

「お母さん……」

「つらいことがあったときはさ、もちろんまず頼るのは旦那さんだろうけど、お母さんのことも思い出してね。わたしはいつでも結菜の味方だよ」

「……うん」

突然、自分の頬が濡れているのに気づいた。泣くつもりなんかなかったのに、いつの間にかポロポロと涙がこぼれている。

そうっとおなかに手を置いて、赤ちゃんのことを考えた。

わたしも、もうすぐ母親になる。

やがて、その子どもも成長して大人になり、恋や仕事や、いろんなことに悩むようになるだろう。

そのとき、わたしはどう思うかな？

たぶん、たとえどんなにしっかりした子でもいつまでも心配はするだろうし、子どもが困っているときは力になりたいと考えるだろう。

そして、無条件の味方として、心配させてほしいと願うはずだ。

親になるって、きっとそういうことなんだ……。

「お母さん、心配かけてごめんね。これからもまだ心配をかけると思うけど……頼りにさせてね」

母も涙を浮かべていた。

わたしはひとりじゃない――そんな思いが胸に迫った。

自分の力で生きているように見えても、わたしたちはときに親しい人を頼り、ときに大切な人から頼られて、その愛情のつながりの中で生きていくのだ。

向かいに座る伊織さんが、わたしたち母子を優しい目で見つめていた。

「俺の母親が生きていたら、きっとお義母さんと同じように結菜の世話を焼きたがっただろうな」

伊織さんはふっと視線をそらして、ダイニングルームの暖炉の上にさりげなく置いてあるカメラを見た。

古いデジタル一眼レフカメラ。彼のお母さまの形見だ。

『グラントレノ　あきつ島』で初めて伊織さんと出会ったとき、わたしが蹴飛ばしてしまった運命のカメラは、ずっとそこでわたしたちを見守ってくれている。

「伊織さん……」

　彼の気持ちを思うと、さらに涙があふれた。

　母もエプロンの裾で涙をふきながら、伊織さんに話しかける。

「結菜と夫婦になったんだから、伊織さんももうわたしたちの家族だよ。亡くなったお母さんのぶんまで、わたしがあなたのことも心配してあげるからね」

「お母さん、心配してあげるなんて失礼よ」

　おおらかで優しい母だけど、初めて会った伊織さんになれなれしいと思われないかしら。

　でも、伊織さんは静かに微笑んでいた。

「お義母さん、これからは早く逝ってしまったうちの母親のぶんまで親孝行をさせてください」

「ありがとう。結菜の相手があなたのような人でよかった。娘をどうぞよろしくお願いします」

「もちろんです。なにがあっても、彼女を守ります」──

　食事が終わってから、わたしは母とサンルームの中を少し歩いた。後片づけは伊織さんがしてくれている。

ぽかぽかとあたたかい温室でとりとめのないことを話しながら、わたしは昔のことを思い出していた。

忙しい両親や祖父母に代わって、弟たちの面倒を見る日々。やんちゃな男の子の世話は大変だったけど、少女のわたしは生きがいを感じていた。

そう、久しぶりに思い出したけど、そんなわたしの子どものころの夢は、保育士さんになることだった。

でも、将来自立することを優先して、就職に有利そうで、テストの点数のよかった英語を磨こうと東京の大学の英文学部に入学した。

結局、就職活動は厳しくて、英語を生かした仕事には就けず、小さな商社の一般事務に落ち着いた。

いつの間にか忘れていたけれど、あのころの気持ちがよみがえって、なんとなくわくわくしてくる。

「保育士かぁ……」

「結菜、どうしたの？」

「ううん、なんでもない！　わたし、そろそろお昼寝するね」

内心でひそかに興奮していたせいか疲れを感じたので、母の腕を取って家の中に戻った。

がんばって早く体力を取り戻したいけど、おなかの子のためにも無理はできない。

いまはベッドでゆっくり体を休めよう。

＊　＊　＊

「今回はありがとう。また来てね」

一泊だけして長野に帰る母を玄関で見送る。

北陸《ほくりく》新幹線の始発駅である東京駅まで、伊織さんが車で送ってくれるそうだ。

「結菜、遠慮せずにいつでも連絡するんだよ」

「うん」

わたしもこれまで少し意地になっていたかもしれない。

頼ったり助けてもらったりするのは悪いことじゃない。いつか大事な人たちに頼ってもらえるように、わたしも両親や伊織さんを信じて頼りたい。

そういえば、大学時代の友人の真利亜にも、母と同じようなことを言われたのをふと思い出した。

『結菜はかわいく見えて、意外と人に頼れない性格だからなあ。少しはわたしにも心配させてよ』

ふたりで会社帰りに、ご飯を食べに行ったときのことだ。真利亜も心配してくれていたのに、わたしはなにも打ち明けることができなかった。

あれ以来、バタバタしていたのもあってほとんど連絡していない。たまにメッセージアプリで、軽いあいさつのやり取りをしているくらいだ。

「伊織さん、ありがとうね」

母が、荷物を車に積み込んでいる伊織さんに声をかけた。それから、わたしのほうを向いてにこりと笑う。

「『良い花はあとから』ってことわざは知ってる？」

「良い花？」

「そう、焦って無理に咲かせた花よりも、栄養をたくわえてあとから咲く花のほうが美しいという意味だよ」

「へえ」

「なにかを始めるのに遅いってことはないと、お母さんは思う。結菜がやりたいことをやって」

「え……っ？」

なんの話、と聞く前に、母は車に乗り込んだ。

車のサイドウインドー越しに手を振る母の姿は、すぐに門の向こうに消えた。電動の門扉が両側からなめらかに閉じていく。

家の中に戻ろうとしたとき、ポケットに入れていたスマートフォンからポポンと明るい通知音がした。メッセージが届いたらしい。

画面を見ると、ちょうどさっき思い出していた真利亜の名前とメッセージが表示されている。

『元気？　近々またおいしいものでも食べに行かない？　もうストレスたまりまくりだよー』

最後に食事に行ってから三か月ほど経ち、真利亜もそろそろ我慢の限界が来たようだ。

ひとりでに頬がゆるんだ。

彼女とは長い付き合いだ。それなのに、いまやっと気がついたのだ。

真利亜のストレス発散の名目で一緒に出かけることが多かったけど、わたしも彼女と過ごす時間の中で息抜きをさせてもらっていた。

自分からは弱音を吐けないわたしに、真利亜はいつも手を差し伸べてくれていたんだって。

でも、まだ真利亜には、伊織さんと結婚したことも妊娠していることも話していない。会社を辞めたことだって打ち明けていないのだ。

これで親友と言えるのか、と疑問に思うほどの不義理っぷりだ。

あたたかいリビングルームに戻ってふかふかのソファーに埋もれて、暖炉の火を眺めた。

「電話、してみようかな……」

わたしのきわめて個人的な問題で、聞かされた相手だって気が重くなるかもしれない。そんなことを話してもいいんだろうか。

真利亜の人柄は信用している。藤条家の内密の話が、彼女から世間に漏洩《ろうえい》することは考えられない。

あとは自分が、彼女に心の一角を預けられるかどうか、だけど。

「うん」

頼ってみようかな。

不器用な友達を心配してくれる優しい人に、真心を差し出したい。

いつか彼女になにかあったとき、わたしにも頼ってもらえるように。わたしが、真利亜や、ほかのだれかの役に立てる日のために。

真利亜の電話番号をタップして、しばらく呼び出し音を聞く。

『もしもし、結菜？　久しぶりじゃない。元気だった？』

変わらない声にほっとして、わたしもほがらかに受け答えすることができた。

「間が空いちゃってごめんね。真利亜も元気だった？　実はさ、真利亜に聞いてもらいたい話があって――」

それから、まず会社を辞めたことを話した。そして、その原因となった妊娠のこと、結婚のこと、切迫流産のこと。

話が前後してしまって、手際よく伝えられない。それでも真利亜は支離滅裂な話を静かに聞いてくれた。

『そっか……。大変だったね。結菜は我慢強いから、ひとりでがんばっちゃうんだよね。つらかったね……』

真利亜のしんみりとした声に、胸が熱くなった。

ここにも、本気で気にかけてくれる人がいたのに。わたしは自分ひとりの力で全部解決しなければいけない気になっていた。

いまは、それが強さではないということもわかっている。むしろ、わたしにとっては弱さだ。信じるべき人を頼れない未熟さ。

「最近は体調も落ち着いてきたし、少しなら動けるようになったんだ」

だから、小さな一歩を踏み出そう。未来に向かって。

昔、夢見ていた未来について、思い切って話してみよう。

「話は変わるんだけど、もう少しだけ聞いてくれる？」

『もちろん』

「わたしね、お見舞いに来てくれた母と話していて、思い出したことがあったんだ。子どものころの夢で」

『夢？』

「保育士さんになりたかったの。いろいろあって結局あきらめたんだけどね」

『うん』

「でも、あきらめる必要はないのかなって。いくつになっても、どんな状況でも、夢を叶えるかどうかを決めるのは自分次第なのかなって……」

『そうだね。いいと思う』

真利亜の穏やかな声に、力みがふっと抜けた。

だれもわたしから可能性を奪うことはできない。自分に制限をかけているのは自分自身だったんだ。

「まとまりのない話でごめんね。でも、聞いてくれてありがとう」

『それって、結菜の中の大事な部分なんでしょ？　話してくれてうれしいよ。なんかわたしも元気出てきた』

スマートフォンから明るい笑い声が聞こえてくる。

『結菜が落ち着いたら、また会おうね』

「うん。楽しみにしてる」

電話を切ってソファーに沈み込んだ。クッションを抱えて、ひと息つく。

真利亜に話せたことで、頭の中の雲がずいぶん晴れてきた。つらつらと考えているうちに、出発直前の母の言葉がよみがえってくる。

――良い花はあとから。

あの言葉は、なにを指していたのかな。

やっぱり昨日の散歩のとき、つい口にしてしまった保育士の話だろうか。母も、わたしのあきらめやためらいに気づいていたのか……。

おなかをかばいながら「よいしょ」と立ち上がると、自分用の書斎にしている部屋に向かう。

伊織さんの書斎はアンティーク調の家具の置かれた重厚な雰囲気だけど、わたしの部屋は白を基調にしたおしゃれな空間だ。伊織さんは最初、趣味に合わなければリフォームしてほしいなんて言っていたけど、この家のどこもかしこも気に入っているので変えるつもりはない。

わたしは北欧風のデザインの白いデスクに置かれた、愛用のノートパソコンを起動した。

ブラウザを立ち上げて、保育士の資格試験について検索してみる。

「ええと、保育士の資格は……」

保育士は国家資格で、大学や短大などの指定保育士養成施設を卒業する必要があるらしい。

そのルートとは別に、年二回ある試験に合格する方法もあった。社会人でも筆記と実技に通れば、資格を取得することができるようだ。

筆記試験は、『保育原理』『教育原理および社会的養護』『子ども家庭福祉』『社会福祉』『保育の心理学』など専門的な知識が必要とされる科目ばかりで、独学では難しそうだった。

でも、通信教育もたくさんあるので、子どもがいても自分のペースで勉強することができるかもしれない。

ぼんやりとパソコンの画面を見つめていたら、伊織さんが帰ってきた。

「おかえりなさい」

ノックをして部屋に入ってきた伊織さんが少し腰をかがめて、椅子に座るわたしにキスをしてくる。

「ん、ただいま」

「お母さんは大丈夫だった？」

「ああ、新幹線のホームで見送ったよ。ところで、どうした？　保育士？」

伊織さんが開いたままの検索画面をのぞき込む。

「なんでもない」

慌ててノートパソコンを閉じると、彼は苦笑してわたしのおでこをつついた。

「隠しごとはなしだ。俺が信じられない？」

「あ……」

わたし、また自分を隠そうとしていたかも。

だれにも頼らずに、ひとりでがんばろうとして。手に負えなそうなことは縁がなかったのだとあきらめて。そんな心の癖はなかなか直らない。

でも、いまはひとりじゃない。お母さんも真利亜もいる。そして、だれよりも心強い味方が目の前にいるのだ。

優しく細められた伊織さんの瞳を見上げる。

「あのね、笑わないでもらえる？」

「俺が結菜のことを笑うわけがない」

「わたしね……昔、保育士さんになるのが夢で。お母さんと話していて、それを思い出したの」

「そうなんだ」

伊織さんはわたしの椅子の横にひざまずいて、ちょっと笑う。

「あ、笑った」

「嘲笑したんじゃない。結菜に似合うなって思ったんだ。子どもに囲まれたきみを想像したらかわいくて、つい笑ってしまった。ごめんな」

「んもう」

もちろん本気で怒ってはいない。少し照れくさくなってしまって、わたしは唇をとがらせた。

ひざの上に置いた手を伊織さんが握る。

「それが結菜の夢なら、いくらでも応援する。いや、そんなおおげさなことではなくても、結菜が興味を持っているのなら、俺もきみのためになにかしたいな」

包容力を感じるあたたかいまなざし。

ひとりでがんばることに慣れた心がゆっくりとほどけていく。

「うん……ありがとう」

彼の好意を素直に受け取るのも、愛の表現のひとつなんだ。

わたしが微笑むと、伊織さんはちょっと心配そうに首をかしげた。

「でも、がんばりすぎないようにな。子どもと俺のために、健康でいてくれ」

「わかりました。無理はしません。なにか始めるときは、必ず伊織さんに相談するから」

彼が顔を近づけてきたので、少し上を向く。

柔らかい唇がそっとふれ合って、しみじみと穏やかな幸せを感じた。

そのとき、急におなかが動いた。

「あ、いま、赤ちゃんがおなかを蹴った」

小さな娘は、ちょっと痛いくらい元気に運動している。

「この子もママを心配してるんじゃないか」

伊織さんがまた笑って、ふくらんだおなかをなだめるように、そうっとなでてくれた。

新しい可能性

切迫流産になったばかりなので、やっぱり無理はできない。なによりも赤ちゃんが最優先だ。焦らずに考えよう。

そう思ってしばらくゆっくり過ごしていたら、ある日の夕食のあと、伊織さんが一枚の名刺をテーブルに置いた。

「今日、この女性と会った」

「Olivia《オリヴィア》 Evans《エヴァンズ》さん？」

肩書きは『Nanny《ナニー》』だった。

ナニーといえば、イギリスの上流階級の人々が雇っているベビーシッターのイメージだけど……。

伊織さんは、そのベビーシッターになんの用があったのだろう。

「彼女はイギリス人で、乳幼児教育のスペシャリストだ」

「ナニーって、ベビーシッターじゃないの？」

「イギリスには、プロフェッショナルなナニーを養成するための専門のカレッジがある。一流のナニーの職務はベビーシッティングだけでなく、情操教育から家庭での勉強まで幅広いんだ」

「へえー、そうだったんだ」

「このオリヴィアさんは、二十年前イギリスでもトップクラスのナニー養成カレッジを卒業した。その後、来日して日本人を顧客に働いているナニーなんだが、結菜も一度会ってみないか？」

「えっ？」

伊織さんは真剣な顔をしているけれど、なんでそのナニーさんを紹介されたのかがよくわからない。

「お会いするのはかまわないんだけど、なんでわたしが？　伊織さんのお仕事の関係なの？」

「ああ、ごめん。説明が足りなかったな」

「………？」

「いずれ子どものために信頼の置けるナニーが必要だと思って、いろいろ手を回して探していたんだ」

「赤ちゃんの？」

「仕事がらみで一緒に出かけることも多くなるだろうし、プライベートでも夫婦ふたりの時間は持ちたいだろう？」

「え、ええ」

仕事がらみというのは、関係者へのごあいさつやパーティーみたいなイベントのことかしら。

それにしても、子どもが生まれる前から伊織さんがそこまで考えているなんてびっくりだ。

「あと、この間結菜が保育士になりたかったという話を聞いて、イギリスのナニーの話も参考になるんじゃないかと思った」

「あ……そうだったの」

伊織さんが立ち上がって、そばに来る。

わたしは差し出された彼の腕につかまって、リビングのソファーに移動した。

ふかふかのソファーに座って、伊織さんの胸に寄りかかる。たくましい、頼りがいのある広い胸。

「彼女とは基本的に英語でコミュニケーションを取っているんだが、結菜は英語を話せたよな？」

「日常会話程度だけど」

「十分だ」

おでこに、ちゅっと唇がふれる。

わたしのだいぶ伸びた髪を指先でもてあそびながら、伊織さんは楽しそうに微笑んだ。

契約結婚を申し込んできたときの冷たさは、もう少しも残っていない。あのころのすれ違っていた気持ちを思い出せば、いまの信じられないほどの甘々な暮らしにとろけそうになる。

本当に、わたしの夫はなんて人なんだろう。

自分の会社や従業員だけでなく、わたしの夢まで背負い、先の先まで考えて未来に羽ばたくための手助けをしてくれる。

そして、それを負担に感じていないのもよくわかる。有能なCEOであるだけではなくて、人間としても懐が深い人なのだ。

「外国の人に会うのは久しぶりだから、ちょっと緊張しちゃう」

「結菜なら大丈夫。もし相性が合わなかったら無理しなくていいからな」

「ありがとう、伊織さん」

学生時代に英語を勉強したことが、初めて実践的に役立つかもしれない。

これから生まれてくる娘のためにも自分自身の夢のためにも、一歩前に進んでみたいと、わたしは心の中で決意を固めた。

＊＊＊

オリヴィア・エヴァンズさんはダークブラウンの髪とグレーの瞳の、落ち着いたイギリス人女性だった。年齢は四十代くらい。

「はじめまして、ユイナさん。よろしくお願いします」

「こちらこそよろしくお願いします。オリヴィアさんは日本語がとてもお上手なんですね」

拍子抜けしたことに、初めて会ったオリヴィアさんのあいさつは流暢《りゅうちょう》な日本語だった。

彼女は穏やかに微笑んだ。

「ありがとうございます。もうずいぶん長く日本に住んでいますので。ただお子さまの英語教育も兼ねて、ふだんは英語で仕事をさせていただいております。May I speak to you in English?」

「If you prefer to speak English, I'm okay with that.」

よく晴れた日曜日の午後。最初のあいさつのあと、わたしたちはサンルームに移動して話をした。

オリヴィアさんはイギリス人なので、話すのはイギリス英語。わたしが話せるのは日本の学校で習うアメリカ英語で、ときどき発音や単語が違って戸惑ったけれど、なんとか意思の疎通はできそうだった。

伊織さんも同席している。でも、ずっと黙って見守ってくれていた。

オリヴィアさんがまず自分の経歴や仕事内容について話をして、その後わたしが出産や育児に対してどういう希望や不安があるのかを聞かれた。

少し緊張していたわたしから、しっかりと本音を聞き出してくれるオリヴィアさんに、どんどん信頼感が増していく。話し合いが終わるころにはこの人に子どものナニーを任せたいと思うようになっていた。

一時間ほど話して、そろそろ体を休めたいなと思いはじめたとき、伊織さんが口を開いた。

「結菜、もう少しだけ大丈夫か？」

「え？　ええ、平気よ」

彼はオリヴィアさんに英語で話しかける。

「妻は昔から、保育士の仕事に夢と憧れを持っているようです。もしよかったら、子どもにかかわるプロフェッショナルとして、これからも相談に乗っていただけますか？」

オリヴィアさんはグレーの瞳を細めて、にっこりと笑った。

「まあ、そうなんですね。わたしたちの仕事に興味を持っていただけるのは歓迎です。わたしにできることならご協力しましょう」

「オリヴィアさん、ありがとうございます」

思わず日本流に深々と頭を下げると、彼女も丁寧にお辞儀をしてくれた。


「疲れはどうだ？　具合の悪いところはない？」

「しばらく横になっていれば大丈夫」

オリヴィアさんが帰ってから、すぐ寝室に戻った。

初めて会う人と長めに話をして、さすがに疲れた。でも、なんだかわくわくした気分が続いている。

「オリヴィアさんのお話、おもしろかった。わたし、本気で保育士の資格の勉強をしようかなあ」

「ああ、いいんじゃないか。きみに合っていると思う」

「でも、本当にいいの？　もし将来資格が取れたらの話だけど、藤条家の奥さんが保育士になっても」

それが少し気になっていた。

子育てしながら、藤条ホールディングスの社長である伊織さんを支えていくのは並大抵のことじゃないはずだし、周囲の声もあるのではないかしら。

伊織さんはベッドの端に腰かけて、わたしの頬をなでた。

「全然かまわない。きみがきみらしく生きてくれることが、俺の望みなんだ」

「ありがとう……」

あたたかい手のひらに、自分の手を重ねる。

しばらく心地よい沈黙にひたっていたら、伊織さんが照れくさそうに頬をかいてつぶやいた。

「すごく先走った話なんだが」

「なあに？」

「うちの会社にホテル部門がある」

「はい、全国チェーンでホテル事業を展開していますよね。とくに藤都ホテルには、婚約披露パーティーでお世話になりました」

「藤都鉄道沿線のテーマパークは知っている？」

「もちろん。すごく人気がありますよね」

「テーマパークの敷地内に、公式ホテルがあることは？」

「泊まったことはないけど、知ってますよ」

藤条グループは鉄道系のコングロマリットだ。グループの中枢に、首都圏を走る藤都鉄道がある。

その藤都鉄道に乗って郊外へ向かうと、テーマパークに直結した駅に到着する。よくテレビ番組でも取り上げられる人気の遊園地だ。テーマパークと公式ホテルもグループ内の企業が運営している。

「実はテーマパークのホテルやリゾート関係のホテルに、ファミリー向けのサービスを充実させようと企画しているんだ」

「ファミリー向け？」

「ファミリー層を取り込むには、まず母親の利便性を図らなければならない。目的地選択の決定権は女性が握っていることが多いからな」

「それはたしかに」

ファミリーじゃなくてカップルでも、最近は女性客へのアピールが重要になっているらしい。会社員時代に行った温泉旅館でも、女性向けのサービスをいろいろ取り入れていた。

「そこで、ホテルに託児施設やベビーシッターサービスを作ろうと考えている」

「へぇ、すごい！」

「ただ、子どもの命を預かる仕事だ。クオリティーの高いサービスにしたい。それなら、保育専門の会社も作ってしまおうかと思ったんだ」

「なるほど」

「そんなわけで、結菜、出産と育児が落ち着いたら一緒に考えてみないか？」

「えっ？　は……いっ⁉」

わたしは口をあんぐりと開けてしまった。

びっくりした。

保育専門の会社⁉　しかも、一緒に考えてみる……⁉

「わたしも、なんて、冗談よね？」

「いや、俺は本気だ。身近にその分野に興味のある人間がいたら、まずは意見を聞いてみたくなるだろう？　しかも、これから母親になる二十代から三十代の女性というターゲットそのものだしな」

「そ、それはそうだけど、お仕事となるとまた違うんじゃ？」

「もちろんだ。ただ、結菜の人柄にはだれよりも信頼を置いているし、きみが努力家だということもわかっている。きっといい結果になると思う」

「………」

開いた口がふさがらない。

いくら先を見通す能力が高いといっても、先走りすぎ！

すごく驚いたし、冗談なんじゃないかと一瞬疑ってしまったけど、彼は仕事のことでふざけるような人ではない。

そう思うとやっぱりうれしかった。わたしの夢を大切にして、形にしようと考えてくれる伊織さんの気持ちに応えたいという思いが高まってくる。

わたしにそんな力があるかはわからない。伊織さんにいっぱい迷惑をかけてしまいそうな気もする。

だけど、せっかく機会があるならチャレンジしてみたい。

理想の保育園？

うん。大きすぎる夢だけど、いいかもしれない！

伊織さんの目をまっすぐ見つめる。

「あのね、前に『良い花はあとから』って言葉をお母さんに贈ってもらったの。その言葉を聞いて、もうこの年じゃ花を咲かせるのは遅すぎる——そんな思い込み、自分の可能性を狭めてるだけなんだと思った」

「いい言葉だな」

「だから……わたし、やってみたい」

「わかった。結菜はいまでも十分に綺麗な花だ。だがきっと、これからもっと大輪の花を咲かせるだろう。きみとの将来が楽しみだ」

伊織さんがまぶしそうに目を細めた。

わたしも楽しみ。ふたりで——ううん、三人で迎える未来。もしかしたら、もっと大人数になるかもしれないけど。

第五章　パパは妻子を溺愛しすぎる

ハッピーバースデートゥユー

「結菜、愛菜《まな》、そろそろ到着するぞ」

運転席に座った伊織さんが、バックミラー越しに後部座席を見て微笑んだ。

通勤には運転手つきの社長車を利用しているけれど、プライベートでは伊織さんが自分で運転する。

以前はスポーツタイプの車に乗っていた。いまの車は、家族で使うことを前提に買い替えた国産のSUV。個室が広いし荷物もたくさん載せられるので、長距離のドライブも快適だ。

伊織さんは運転もすごくうまくて安心していられる。

料理もそうだけど、なにをやってもプロ並みにこなしてしまうので感激してしまう。素直にその感動を伝えると、彼はいつも照れくさそうに笑う。

「結菜はかわいいなあ」

そして、なぜかキスされるまでがお決まりの流れだ。いまは運転中なので、微笑むだけだけど。

SUVの後部座席には、わたしと新生児用のチャイルドシートもそろそろ買い替えなければいけない。この小さなチャイルドシート。

「愛菜はおとなしく寝ているな」

「ええ、さっきおっぱいを飲んだら眠くなっちゃったみたい」

すやすやとかわいらしい寝息を立てている赤ちゃん。愛菜――それが、伊織さんとわたしの愛娘《まなむすめ》の名前だ。

名前をつけたのは伊織さん。

妊娠中に、だれよりも大切な結菜の名前から一文字入れたいと真剣に提案された。

愛妻家丸出しな名づけで恥ずかしかったけれど、いまはわたしの名前も娘の名前も愛情いっぱいに呼んでもらえてうれしい。

無事出産の日を迎えたのは、去年の夏の盛りだった。

切迫流産で大変だったとは思えないほどスムーズな安産で、会社から急いで伊織さんが駆けつけたときにはもう赤ちゃんはわたしの腕の中にいた。

真っ赤な顔をして眠る赤ちゃんを見つめる伊織さんの顔色は、真っ青を通り越して真っ白だった。いつもクールな伊織さんが額に冷や汗を浮かべたまま、深々と安堵のため息をついた姿を忘れられない。

彼には本当に心配をかけてしまった。

それから一年。

明日、愛菜は一歳の誕生日を迎える。

実は愛菜の誕生パーティー以外にも、もうひとつやることがあって、わたしたち家族は伊織さんの軽井沢の別荘に向かっていた。

軽井沢は思い出の地だ。

伊織さんと初めて出会った、『グラントレノ あきつ島』の旅。軽井沢で一緒に下車観光をして、美しい紅葉を見ながらいろんな話をした。

すれ違いもあったけれど、あのとき、伊織さんが幼少期に両親と過ごした軽井沢で、彼の家庭への憧れを知ることができてよかったと思う。

「着いたよ。愛菜はまだ寝てる？」

「どうかな。あ、起きた」

チャイルドシートのかごの中で、赤ちゃんのつぶらな瞳がじいっとこちらを見つめていた。

「あぅ、う？」

乳児特有の喃語《なんご》がかわいらしい。

「まぁちゃん、軽井沢のおうちに着いたんだって。どんなおうちか楽しみね」

ぷっくりとしたほっぺたをつつきながら話しかけると、愛菜はキャッキャとうれしそうに笑った。

切迫流産から出産、新生児の育児と怒濤の日々が続き、ナニーのオリヴィアさんの手を借りてもなかなか遠出ができず、この別荘を訪れるのはこれが初めてだ。

灼熱《しゃくねつ》の東京から来ると、七月の軽井沢は信じられないくらいさわやか。標高千メートルを超える避暑地は観光のトップシーズンを迎えているけれど、別荘のあるあたりは人もまばらで、森の木々の葉ずれの音や鳥の声だけが聞こえている。

もともと軽井沢には『軽井沢ルール』と呼ばれる、自然を残し景観を保つための建築規制がある。そのひとつは、家と家の間隔が近接しすぎないように、分譲される際の最小敷地面積が決められていること。だから、それぞれの別荘の敷地が広々としている。

でも、藤条家の別荘は、周囲よりもさらに広くて大きかった。

別荘はレトロな洋館で、家の前には大人数でも余裕でパーティーのできそうなウッドデッキがある。

ここで今日の午後、愛菜の誕生日を祝ってバーベキューをするのだ。

「あーぅ、うぁぅ、きゃっ」

「車の中で寝てきたから、ご機嫌ね」

「愛菜、パパが抱っこしよう」

「パパが抱っこしてくれるって。よかったわね、まぁちゃん」

「きゃっ、うー」

「さあ、行くぞ」

大きな荷物と、ときどき興奮したように笑う娘を両腕に抱えて、別荘に入っていく伊織さん。

おしゃれな洋館に見とれていたわたしも、慌てて彼を追いかけた。


昼すぎに隣町の実家から、両親と祖父母がやってきた。

家族経営の旅館を何日も続けて休むわけにはいかず、弟たちは留守番で仕事をしている。

明日の誕生日当日は弟たちも合流するので、浅野屋旅館は全館休館の予定だ。

「お父さん、お母さん、久しぶり！」

愛菜を抱いて、玄関ホールで出迎える。

「結菜、まぁちゃんは大丈夫？　長旅で疲れてない？」

「よく寝たから元気だよ。お母さん、わたしの心配は？」

孫ばかり見ている母に冗談めかしてすねると家族の笑い声がはじけて、一気ににぎやかになる。

隣では父と伊織さんが話していた。

「伊織さん、今日はお招きありがとう」

「いいえ、みなさん、お忙しい中お越しいただきありがとうございます」

「あんたも忙しそうだな。元気でよかった」

みんな、出産後に東京へ会いに来てくれたので、初対面ではない。とくに母はひと月ほど東京の家に泊まって、新米ママと新生児の面倒を見てくれた。

最近足腰が弱くなってきた祖父母が、杖《つえ》をついてゆっくりと歩いてくる。

「おじいちゃん、おばあちゃんも元気だった？」

「この日を楽しみにしていたんだよ。まぁちゃん、かわいいねえ」

祖母はひ孫に会えて、すごくうれしそうだ。祖父も、祖母のうしろでにこにこと笑っている。

リビングルームに移動して、愛菜をカーペットの上に下ろす。

愛菜はソファーにつかまり立ちをして、よちよちと歩いた。

でもすぐ、おしりからすとんと座ってしまう。重心がうしろにあるかんじが赤ちゃんらしくて、とてもかわいい。

「まぁちゃん、あんよが上手になったわねぇ。あなたより歩くのがうまいかもよ、ひいおじいさん」

「うるさいな、ばあさんも最近足腰が弱って、俺と変わらんだろ」

「結菜が生まれたばかりのころのことを思い出すわあ」

家族が集まったリビング。ふと振り返ると、ソファーのうしろに立った伊織さんが微笑みながら、その光景を眺めていた。

穏やかな表情に、ふと涙腺が刺激された。

伊織さんが欲しかったものが、ここにあったらいいな。

家族の団らんの外側にいるような顔をして見ているけれど、あなたももう、その中の一員なのよ？

ソファーに座っていた祖母がうしろを振り向いて、伊織さんに声をかける。

「あんた、そんなところにいないで、こっちにいらっしゃい。ほら、まぁちゃんが呼んでるよ」

「うぁ、うーあ」

愛菜が伊織さんに手を伸ばした。無垢な瞳で一心にパパを見つめる愛娘に、彼も破顔する。

長い足で一歩前に出て子どもを抱き上げると、伊織さんがたちまち家族の笑顔の中心になった。

「まぁちゃんはパパが大好きなのね」

「結菜も昔は父さんっ子だった」

なぜか胸を張る父に母が突っ込みを入れる。

「あなたったら張り合ってどうするのよ」

平凡すぎるほど平凡な、でもとてもあたたかい光景にもう我慢ができなくて、うっすらと涙ぐんでしまった。

わたしの涙に気づいたのか、愛菜も伊織さんの腕の中でぐずりはじめる。

「どうした、愛菜？」

体をゆらして娘をあやす伊織さん。

わたしはこっそり涙をぬぐって、愛しい人に寄り添った。

「そろそろお昼寝の時間みたい。寝かしつけてくるね」

「ありがとう」

わたしが愛菜を受け取ると、母が伊織さんを呼ぶ。すると、彼がまた家族の輪の中に入っていく。

リビングを出てドアを閉めてから、涙があふれて止まらなくなった。

わたしは幸せだ。

浮気した恋人に振られて、傷心旅行で乗った『グラントレノ　あきつ島』。そして、偶然出会った人と、一夜のあやまち。

予定外の妊娠から始まった関係だけど、あの豪華列車で伊織さんに巡り会えてよかった。

一度は身を引いたけれど、彼の素顔を知って、恋をして。

孤独だった彼に家族という形の幸福をあげたいと思っていたけど、たくさんのものをもらっていたのは自分のほうだ。

「ね、まぁちゃん」

愛菜をあやしながら、寝室に向かう。

「あなたにも会えて、ママは本当に幸せよ」

これからもっとたくさんのものを彼に返したい。

そうしたら、彼はもっともっと多くの気持ちを贈ってくれるだろう。

与えて与えられて、幸せがどんどん増えていく。

わたしたちはきっとこれから、そんなふうに家族の形を作っていくのだ。

＊＊＊

今回の軽井沢旅行では、愛菜の誕生日パーティーのほかに、もうひとつイベントを予定していた。

「新婦、藤条結菜さん、お入りください」

「はい」

緊張でかちかちになった父と腕を組んで、教会の中に入っていく。

そう、身内だけの結婚式。

愛菜の誕生日の当日に合わせて、この軽井沢の教会の予約を取った。

木漏れ日の綺麗な森の中にたたずむクラシカルな教会は、少女時代の憧れだった。

伊織さんから家族だけの結婚式を挙げようと提案されたとき、まずここを思いついたのだ。

伊織さんの会社関係者や、桜子さんをはじめとした藤条家の親戚一同をお招きする正式な結婚式と披露宴は、また別の日に予定されている。そちらは、東京の藤都ホテルで九月に執り行う予定だ。

夏の青空に映える真っ白な教会はこぢんまりとしているけど、中には荘厳《そうごん》で優美な空間が広がっている。アーチを描いた高い天井に、大きなステンドグラス。その美しさに目を奪われた。

この日のためにあつらえた純白のウエディングドレスを着て、深紅のバージンロードを歩く。

教会の雰囲気に合わせた清楚なドレスは、ストレートビスチェで上半身はすっきりしているけれど、スカートの部分は艶のあるシルクがいくえにも重なっていて華やかだ。

祭壇の前で待っているのは、白いタキシード姿の伊織さん。物語の中の王子さまのようで、見とれるほどかっこいい。

彼の腕には、白いレースの愛らしいベビードレスを着た小さな娘。愛菜はもの怖《お》じしない性格の子で、きょろきょろと興味深そうにまわりを眺めている。

子どもと三人で挙げるファミリーウエディング。参列者は両親と祖父母、ふたりの弟たち。本当の身内だけのアットホームなお式だ。

祭壇の前に到着し、父の腕を離し伊織さんの手を取る。

「新郎、藤条伊織。あなたはここにいる藤条結菜を病めるときも健やかなるときも、富めるときも貧しきときも、妻として愛し、敬い、慈しむことを誓いますか？」

「はい、誓います」

伊織さんの力強い声。

「新婦、藤条結菜。あなたはここにいる藤条伊織を病めるときも健やかなるときも、富めるときも貧しきときも、夫として愛し、敬い、慈しむことを誓いますか？」

「はい、誓います」

ちょっと緊張してしまったけれど、わたしもはっきりと答えた。

誓いの言葉のあと、結婚式の記念に新しくスズモトジュエリーであつらえた指輪を交換する。

そして、誓いのキス。伊織さんがわたしの顔にかかっていたウエディングベールを上げて、唇に口づける。

無事結婚が宣言されると、会場から拍手がわいた。

「きゃっ、きゃっ」

愛菜もみんなの真似《まね》をして小さな手を叩く。家族も会場のスタッフも、みんな笑顔になった。

本当に親ばかだけど、この子は天使だ。

伊織さんも同じことを思っていたようで、わたしたちはふっと顔を見合わせて微笑み合った。


夜がふけて、別荘は静まり返っている。

結婚式のあと、ホテルのレストランで食事会をしてから、浅野家の家族は隣町の実家に戻った。現在この家にいるのは、わたしと伊織さんと愛菜の三人だけだ。

愛菜は興奮しすぎて疲れたのか、キングサイズベッドの横に置いたベビーベッドでぐっすりと眠っている。

寝室の天井にはトップライトがあり、そこから星空が見えた。

空気が澄んでいるせいか、ひとつひとつの星がくっきり見える。宝石をちりばめたような夜空だった。

「結菜、眠れないの？」

腕まくらをしてくれていた伊織さんが、わたしのおでこにキスをする。

「結婚式のこと、思い出してたの。素敵なお式にしてくれてありがとう」

「ウエディングドレス、とても似合っていた」

「ふふ、もう三十路だし、初々しい花嫁さんじゃないわよね。でも、お世辞だったとしてもうれしいわ」

「そんなことはない。あまりに綺麗で見とれたよ。きみは最初に出会ったときから変わらないな」

「まさか、いまは一児の母よ？」

「いや、いつまでも美しくて、ずっとかわいくて……だれよりも色っぽい」

愛しくてたまらないという感情が伝わってくる深い声音。

横顔に熱いまなざしを感じる。わたしも彼を見つめ返し、数秒視線が絡んだ。

ふたりの間だけで通じる、ひそやかな合図。

次の瞬間、伊織さんが片ひじをついて覆いかぶさってきた。トップライトで切り取られていた星空が彼の陰になり見えなくなる。

星明かりの代わりに現れたのは、伊織さんの瞳の中に揺らめく炎。燃え盛る恒星よりも激しくて、どんなほめ言葉よりも雄弁な欲求。

「結菜、結婚してくれてありがとう。愛してる。きみだけを一生愛している」

伊織さんは愛の言葉を惜しまない人だ。

でも、そのささやきは軽くはない。むしろ、執着のような真剣さが感じられて重い。

わたしにとっては、彼が浮気なんかしない人だと信じられるからうれしいくらいだけど。

伊織さんと出会う前に付き合っていた恋人のことをちらりと思い出した。

あのとき浮気相手の彼女が妊娠していたはずだけど、いまもうまくやっているのだろうか。

子どもに罪はない。幸せになってくれていたらいいなと思った。

「いま、なにを考えていた？」

わたしが少し気を散らしたのを伊織さんは敏感に察したみたい。

「ベッドにいるときは、俺以外のことを考えるな」

「そういうわけじゃないんだけど。ごめんなさい」

「俺はきみしか見ていないのにな。結菜も、ほかになにも考えられないようにしてやろうか」

伊織さんの眉間にしわが寄る。暗いフットライトに照らされた瞳の色が濃い。

わたしは焦ってしまった。以前、元恋人からメッセージが来て、それを知った伊織さんが嫉妬をして、大変なことになったのだ。

単なる近況うかがいのメッセージだったのだけど、伊織さんは『復縁をもくろんでいる』と怒っていた。わたしは当然元恋人と連絡を取るつもりはないし、伊織さんを傷つけるのはいやだったから、すぐに着信拒否をして連絡先を削除した。

「ち、違うの。あなたと一緒になれて幸せだなって思ってただけよ」

焦るわたしを見下ろしていた伊織さんが、人の悪い笑みを浮かべる。

「じゃあ、もっと幸せにしてやる」

「伊織さんったら、もう」

なにを言っても結果は同じらしい。

たぶんわたしの気持ちもわかったうえで、ふざけているのだろう。大型犬が全力でじゃれてくるようなものだ。

受け止めるのは大変だけど、それすらも愛しくて、心も体も、わたしの持つすべてを差し出したくなる。

とくに今夜は、結婚式のあとの初夜みたいなものだし。

出産後わたしの健康が回復すると、伊織さんは毎晩何度も求めてくるようになった。

でも、毎回応えるのは難しくて、いつも我慢してもらっている。

だから、今日くらいは伊織さんを満足させたい。

「明日はどこにも行かずに、別荘でゆっくりしましょうか」

覆いかぶさる彼の両肩に手をかけて引き寄せ、視界がぼやけるほど近くで見つめ合う。

「……いいのか？」

「わたしが寝坊しても、愛菜が起きたら面倒見てくれる？」

「もちろん」

「朝ごはん、作ってくれる？」

「喜んで」

「ランチも？」

「なんでもする。一日中、きみの言うことを聞くよ。だから……」

口づけが降ってくる。

甘い吐息がお互いの気持ちを高め、熱い舌が深く絡み合う。

「ん……んぁっ」

「結菜」

唇が離れ、伊織さんが体を起こした。着ていたTシャツを脱ぎ捨てると、引きしまった上半身が現れる。

彼はわたしのナイトウェアのボタンを外した。わたしが胸を隠そうとすると、その腕をシーツに縫いとめる。

身動きできない。

じっと見られているのは恥ずかしい。けれど、わたしの体で伊織さんが昂《たかぶ》っていることがわかるから、すごくうれしい。

もっとわたしを感じてほしい。わたしもたくさん彼を感じたい。

伊織さんがかすれた声で低くささやいた。

「もう離さない。きみは俺のものだ」

「あなたも、わたしのものよ？」

「当たり前だろ？　俺はもう、一生をきみに捧《ささ》げている」

彼の顔が近づいてきて、おでこに、頬に、鼻先にキスをする。そして、奪うように激しく唇に口づけた。

「いお……りさん、好き……んっ」

わたしたちがあの豪華列車で出会ってから、まだ二年にもならない。

その間に、妊娠して結婚して、子どもが生まれて。わたしを取り巻く環境は信じられないほど大きく変わった。

代わり映えのしない毎日。不実な恋人の裏切りと、周囲からの好奇に満ちたまなざし。

そんな停滞した状況を振り切ろうと乗った、クルーズトレイン『グラントレノ　あきつ島』。

その一泊二日の旅で、すべてが変わった。

これからも困難にぶつかるかもしれない。でも、ふたりならきっと乗り越えていける。

だって、わたしたちは夫婦なのだ。夫婦であり、人生のパートナーであり、深い絆《きずな》で結ばれた家族なのだから。

＊　＊　＊

九月上旬。

たくさんのお客さまをお招きした豪華な結婚式と披露宴が、渋谷の藤都ホテルで行われた。

婚約披露パーティーを開いたのと同じホテルだ。

三十九階にある教会で結婚式を挙げ、すぐ下の階のパーティー会場を貸し切って披露宴をする。

婚約披露パーティーも大規模に感じられたけど、今回はその比ではなく、結婚式の出席者が百人ほど、披露宴にいたってはその数倍。ほとんどが伊織さんのお仕事の関係者だ。

もちろん彼の親類縁者も多く、婚約披露パーティーでごあいさつした方も大勢見かけた。ただ規模が大きすぎて、なかなか個別には話せない。

あわただしくも厳粛に結婚式を終え、披露宴の会場へと移動する。

『それでは、新郎新婦のご入場です』

廊下で待機していたら、中から披露宴の司会者のアナウンスが聞こえてきた。

両開きの扉を開けてホールに入場していくと、大きな窓の向こうに渋谷の街並みが、そして遠くには富士山《ふじさん》が見えた。夏の空とのコントラストが美しい。

でも、景色を眺めている出席者はいない。

かわいい愛菜がいたらみんなの目は愛菜に向かうのだろうけど、今回はオリヴィアさんと一緒にお留守番なので、人々の関心は伊織さんとわたしに集中している。まあ、野次馬めいた興味津々の視線がほとんどだ。

高砂《たかさご》へと向かう途中、伊織さんの従妹の桜子さんを見つけた。あれから彼女とは何度も会っていて、仲よくしてもらっている。

そばを通るとき、にこりと笑って軽く頭を下げたら、桜子さんと同じテーブルの女性たちがひそひそと話しているのが聞こえた。

「あの人、婚約披露パーティーの相手と同じ人よね？」

「一年以上前だし、あまり覚えてないわ。地味な人だった気がするけど」

「なんか雰囲気が変わってない？」

桜子さんがこっそり舌を出してウインクした。

そして周囲の女性たちへ、なぜか誇らしげに告げる。

「あの堅物の伊織が、授かり婚をするほど溺愛してる花嫁さんよ？　素敵な人に決まってるじゃない」

ちょっと恥ずかしいけど、伊織さんを心配してくれていた桜子さんに認めてもらえたのはうれしい。

でも、婚約披露パーティーであいさつした人たちがそう思うのもわかるのだ。あのときはまだ妊娠中で、ゆったりとしたあたたかい生地のワンピースにぺたんこの靴だった。機能性と安全性重視で、パーティーの席にはやや場違いだったかもしれない。

今回わたしが着ているのは、軽井沢の教会での結婚式よりもさらに華やかなウエディングドレス。

二十代から三十代の女性が憧れるハイブランドのフルオーダーで、一年がかりの作品だ。

そう、まさに『作品』と呼ぶのがふさわしい最高級のドレス。繊細なレースのハイネックと長袖がクラシカルで、全体のシルエットも美しい。長いトレーンは複雑な模様のレースでエレガントに縁取られている。

こんな素晴らしいドレスを身にまとう日が来るなんて、一年前まで想像もしていなかった。

ブランドショップでの打ち合わせで、わたしはもっとおとなしいデザインを選ぼうと思っていたのだけど、デザイン画を見た伊織さんが『これがいい』と言って譲ってくれなかったのだ。

『このウエディングドレスを着たきみが見たい』

甘い声でささやかれたわたしが陥落するのは早かった……。

そのドレス姿で伊織さんにエスコートされながらゆっくりとテーブルの間を歩いていくと、遠くの席からも感嘆の声が上がった。

「綺麗で上品な方ね。さすが藤条家の奥さまだわ」

「女優さんなのかしら？」

「違うと思うけど。藤条社長ととってもお似合いですわね」

ほんと、馬子にも衣装だ。みんな、ドレスで目がくらんでいる。

このウエディングドレスにしてよかった。黒のタキシード姿が普段着のように板についている伊織さんの隣にいても、それほど違和感はなさそうだ。

さすがにこれほど注目を浴びるとは思っていなかったので、いまはこのドレスを選んでくれた伊織さんに感謝しかない。

ますます男の色気に磨きのかかった伊織さんを見上げて、つい小声で話しかけてしまった。

「伊織さん、ありがとう」

「ん？　どうした？」

伊織さんがちょっと驚いたようにわたしを見て、すぐにとろけるような笑みを浮かべた。

「結菜は本当に綺麗でかわいいな」

唐突な、しかもおおっぴらなのろけに、まわりの出席者からくすくすと笑い声が上がった。

「い、伊織さん！」

ほんの数十メートルのはずなのに、高砂までが遠い。

この状況で早足になるわけにもいかなくて、わたしは熱い頬を恥ずかしく思いつつもなんとか一歩一歩足を進めた。

出会ったときから変わらない、伊織さんの甘やかな視線を感じながら。

藤条伊織の最愛

生えたばかりの前歯が、小さく切ったりんごを少しずつかじる。

りんごは最近の愛菜のお気に入りだ。歯ごたえが好きらしい。

俺は自宅のダイニングルームでりんごの皮をむきながら、愛菜の様子を見守っていた。突然持っている食べ物を投げたり、テーブルに置いてあるリモコンを口にしたりするので、目が離せない。

結菜はまだ眠っている。

昨夜は、藤都ホテルでの結婚式と披露宴のあとで疲れていただろうに、つい求めすぎてしまった。

だが、俺だけではなく結菜にも罪がある。彼女がかわいすぎるのが悪いのだ。

「あぅうー」

愛菜がぷっくりした手で、俺にりんごを差し出した。俺は食べかけのりんごのかけらを受け取った。

「パパにくれるのか？　ありがとう」

よだれだらけのプレゼントを皿に置き、新しいりんごを愛菜に手渡す。

「きゃっ、あう、ああー」

「……愛菜？」

いま『パパ』って言わなかったか？　空耳だろうか。

「愛菜、パパって呼んだよな？　もう一度言ってごらん」

「うぁ？」

「ほら、パパだよ？」

「うあーあ」

やっぱりパパと言っている。なんとなくそう聞こえる。

俺は感動で泣きそうになった。あとで結菜に自慢しなければ。

実は数日前に、愛菜が『ママ』と口にした。娘の成長を喜びながらも、俺は悔しくてならなかった。早くはっきりパパと呼ばれたい。

新しいりんごをむいて、愛菜が求めたらいつでも渡せるように待機する。

結菜の故郷の信州は、りんごの本場だ。

だが、いまはまだりんごの旬ではない。愛菜の好物だと知った結菜の家族が、農家のりんご貯蔵専用の冷蔵庫で保管されていたものを取り寄せてくれたのだ。

結菜の家族――いや、いまは俺の家族でもあるのか。

その事実が、なんとなくこそばゆく感じる。

母が亡くなってから、ずっと憧れてきたにぎやかな家庭。義理とはいえ、自分に家族と呼べる存在ができたということがうれしい。

だが、少し照れくさいのもたしかだ。

「うまいりんごだな、愛菜」

娘に食べさせせながら、俺も自分用にむいたりんごをひと口かじる。甘酸っぱい果汁が口の中に広がった。

結菜にプロポーズしたときは、まさかこんな幸せを手に入れられるとは思ってもいなかった。

好かれているなどという可能性はみじんも考えておらず、俺はなかばさらうように彼女を新居に連れてきた。

強引にことを進めたのは、断られるのが怖かったからだ。

俺は世間では成功者に分類されるだろう。藤条家に生まれたのはたまたまだが、適性があったのか経営サイドの仕事を苦にしたことはない。

そんな自分に、こんなずるくて弱い部分があるとは思わなかった。結菜に対してだけ、俺は情けない人間になる。

かつて、愛のない契約結婚なのにどうしてここまでするのかと聞いてきた結菜に、俺は答えた。

『契約結婚だとしても、俺はもう二度と、きみにつらい思いをさせないと自分に誓ったんだ』

それは本心だったが、急に心配になった。

俺の想いは、結菜にとって重すぎるかもしれない。

好きでもない男に、子どもの将来と引き換えに結婚を迫られ、新居まで用意される――冷静に考えると、ストーカーじみていないか？

俺は『家族には、家が必要だろう？』とその場でごまかしたが、成功していたかはわからない。

だが、強引に話を進める俺に結菜は、女神のように慈悲深く微笑んだ。

『アパートには戻りませんよ？　わたし、この子のためにも、あなたとあたたかい家庭を作るって決めましたから』

どれほど俺がほっとしたか、言葉にできないくらいだ。

結菜はやすらぎと生きがいを与えてくれた。俺はどんどん彼女に溺れていった。

一方で、彼女に惹かれるほど、不安と恐れも強くなった。

結菜にそろそろ入籍しようという話をして、婚約披露パーティー開催についての確認を取った日のことだ。

初めて彼女の両親に電話をした。

『はじめまして。お嬢さんとお付き合いさせていただいております、藤条伊織と申します』

その瞬間、電話の向こうから、たくさんの人間の叫び声が聞こえて驚いた。彼らはわあっと歓声のような声を上げている。

結菜は大家族で育ったと言っていたから、おそらく家族が電話のそばに集まっているのだろう。突然娘に、見も知らぬ男と結婚する、しかも妊娠していると告げられたら、家族が驚愕するのも当然だ。

しかし、その気配は、冷たいものではなかった。

途切れ途切れに聞こえる、結菜の選択を信じて祝福する言葉の数々。電話越しに、俺には縁のなかった家族のぬくもりを感じた。

ふと苦しくなった。

本当にこれでよかったのか。家族の愛情を知らない俺のような男が、こんなあたたかい家庭で育った彼女を契約で縛り、無理やり夫婦になっていいのか。

でも、もう、手放せないのだ。彼女のいない人生など考えられない。

電話で話しながら結菜を見ると、彼女はなぜかうっすらと涙ぐんでいた。そのうち大きな目から涙があふれ、どんどん頬を濡らしていく。

涙の理由がわからず、俺は途方に暮れて、うつむく結菜を見つめることしかできなかった。

そんなある日、不測の事態が起こった。結菜が大量に出血したのだ。

切迫流産だった。

結菜を失うかもしれないという恐怖はすさまじいものだった。俺は彼女に真実を告げようと決意した。

『愛してる』

俺の告白に、結菜は驚いたように目を見開いた。

彼女のことを思えば、言わないほうがいいのかもしれない。彼女の負担になる可能性もある。

けれど、言わずにはいられなかった。

『ひとりの男として、結菜を愛している。なにがあっても、きみをだれにも渡さない。

あのいらだたしい元恋人にも、きみを奪っていこうとする死神にも、絶対に』

幸運なことに、結菜は俺の気持ちを受け入れてくれた。そのうえ、自分も愛しているという。

信じられなかった。契約で無理やり結菜を縛ろうとした俺が許され愛されるなんて、どんな奇跡なのか。

あの日の感動を思い出していたとき、背後から最愛の女性の声がした。

「伊織さん、おはようございます。愛菜の面倒を見てくれてありがとう」

結菜が起きてきたのだ。

まだ、愛菜の朝食が終わったばかりだ。もっと寝ていてもいいのに、結局起きてしまうのはやはり娘が気になるのだろう。

「いや、俺だって父親なんだから、娘の世話をするのは当たり前だろう？」

「ふふ、そういうところも好き」

結菜がかわいらしく笑って、こちらを見つめる。朝から俺を魅了しようとしているのかと思ってしまう。

「あー、もう一度ベッドに連れていってもいい？」

彼女は真っ赤になって、ぷるぷると首を横に振った。

「だ、だめよ。まぁちゃんが起きてるんだから」

「じゃあ、愛菜が昼寝をしたら」

「ええっ⁉」

「冗談だよ」

「もう……」

しょうがない人、とでもいうような雰囲気でため息をつく結菜。

少し安堵した様子の彼女をからかいたくて、意味深長な含みを持たせて笑ってみせた。

「夜まで待つ」

「い、伊織さん⁉」

結菜は慌てて、一歩あとずさった。

いつまで経ってもうぶな妻に愛しさがつのる。

彼女に契約結婚を持ちかけた日には、このような穏やかな時間を持てるとは思っていなかった。

結菜がすべてをくれた。

母が早くに亡くなり、父は家庭をかえりみなくなった。幼いころはつねに人恋しさを感じていたが、そんな少年時代を送らなければ、結菜のあたたかさを本当に知ることはなかっただろう。

そもそも藤条家に生まれて鉄道の仕事につかなければ、『グラントレノ　あきつ島』に乗ることもなかったはずだ。

全部つながっている。妻と娘に囲まれた、今日の日に。

孤独も虚《むな》しさも無駄ではなかった。いまは、俺をここまで生かしてくれた環境に感謝している。

「そういえば、さっき愛菜が『パパ』って言ったんだ」

「えっ、ほんと⁉　動画撮ってない？」

「撮っていない」

「聞きたかったなあ。まぁちゃん、もう一回パパって言ってみて」

「うぅ、あーう？」

俺の最愛たち。

結菜と愛菜。ふたりを一生守ろう。

いや、彼女たちだけではない。浅野家の人々も、今後新しく迎えるかもしれない子どもも全員、俺が抱えていく。

まあ、第二子は結菜との相談次第だが……。

彼女が妊娠中、いろいろ我慢してきたぶん、しばらくは新婚生活を送りたい気持ちも強い。

俺はひとり悩みながら、我が家の天使たちを眺めていた。

エピローグ

「あ……っ、ん、好き……伊織さん、大好き」

「俺も愛してる、結菜」

かすれた低い声がロイヤルスイートルームの寝室に甘く響く。

わたしの上で腰を動かしていた伊織さんが、急に覆いかぶさってきた。

ぎゅうっと強く抱きしめられる。

「やあっ、それだめ……！」

伊織さんが意地悪な顔をして笑った。

「どうして？　俺は動いていないよ？」

「だって……そこ、刺激しちゃだめ、あぁん！」

密着した硬い腹筋に下腹部を押しつぶされる。

ベッドに入ってからずっと高められてきた体が絶頂に達しそうになった。

「やっぱりだめ、我慢できない。あっ、あぁ……！」

目の裏が真っ白になった。痺《しび》れるような快感で全身が震える。

「くっ」

伊織さんは眉間にしわを寄せて堪えたようだった。

「あん、はぁっ、はぁっ、あぁ……」

粉雪が激しく舞う北国の夜。

わたしと彼の荒い呼吸以外に目立った音はせず、室内は静かだ。

その静寂を縫って、時折かすかな金属音がリズミカルに響く。車輪がレールを走る音――そう、ここは列車の中なのだ。

『グラントレノ あきつ島』。

日本で一、二を争う、ゴージャスなクルーズトレイン。

伊織さんと初めて出会ったこの運命の豪華列車に、わたしたちはふたたび乗車していた。

エレガントなインテリアも、快適な接客も以前とまったく変わらない。前回お世話になったクルーが有名人の伊織さんだけじゃなくて、わたしのことも覚えていてあいさつしてくれたのがうれしかった。

およそ二年半ぶりの乗車になる。

今日は、二回目の結婚記念日と新しい事業の立ち上げをお祝いするために、伊織さんが一泊二日の旅の予約を押さえてくれた。百倍を超えるという倍率のチケットをどうやって確保したんだろう？

彼が意味ありげな含み笑いをするから知らないほうがいいのだろうと思って、やり方は聞いていない。

なんにしても、このロイヤルスイートルームにまた泊まれてうれしい。

達してしまったあとの霞《かすみ》のかかったような頭でぼんやりと考えていたら、やきもち焼きの夫がにらんできた。

「なにを考えているの？」

「え？　ううん、なんでもないの。また『あきつ島』に乗れてよかったなって思っていただけよ」

「そうだな」

「愛菜は、泣いてないかな……」

大人のためのクルーズトレインである『あきつ島』には年齢制限がある。中学生以下は乗車ができないのだ。

だから今回、愛菜はナニーに預けてきた。

イギリス人のナニー、オリヴィアさん。彼女には愛菜のお世話以外にも、いろいろ相談に乗ってもらっている。

今年、藤条ホールディングスの完全子会社として、系列ホテルの託児サービスを担う会社の発足が決まった。その相談役としてオリヴィアさんに協力してもらうことになったのだ。

わたしはやっと保育士の資格を取ったばかりの新米なので、当分は見習いとしてだけど、企画にかかわらせてもらえることになった。

今日は、そのお祝いも兼ねた旅行だ。

やりがいのある仕事と母親としての役目で余裕がなくなってしまうときもあるけれど、こんなふうにときどき息抜きをさせてもらいながら、毎日がんばっている。

伊織さんは、つい娘のことを考えてしまう心配性のわたしに苦笑すると、甘い口調でささやきながら、また抱きしめてきた。

「大丈夫だ。いまは、俺のことだけ考えて？」

力強い腕に抱き上げられる。

「ひゃっ」

くるりと体を回されると、あっという間にわたしが上になった。不思議な手品みたいだ。

伊織さんの腰にまたがって、その筋肉質な体を見下ろす。

彼はクールビューティーというか、女優さんみたいな綺麗な顔をしている。スタイルも一見すらりと細身なのに、裸になるとすごく引きしまっているのだ。

男らしく割れた腹筋を思わずなでていると、美麗な顔がにやりと人の悪い笑みを浮かべた。

「今日は結婚記念日だろう。朝までふたりでお祝いしよう」

「お祝いって……あんっ！」

突然腰を突き上げる伊織さん。

「……伊織さんっ！　もう、いきなりひどい」

「ひどいのは結菜だろ？　俺はもう限界なんだけど？」

口では限界だと言いながらも、からかうような表情はまだ余裕がありそうで、冷や汗が出てくる。

このぶんだと本当に朝までコースになってしまうかも。わたし、この人の体力についていけるかな？

伊織さんがまた大きく腰を振った。

「ほら、今度はきみが動いて。愛し合おう」

色っぽい視線の中には、隠し切れない欲望と愛が潜んでいる。

「んっ、あっ、ゆっくり動くから、待って……」

「ああ。く……っ、いいよ、結菜。すごく気持ちいい」

彼の情熱にとかされ、心も体も絶え間なく揺れて、熱い吐息が閉ざされた空間を漂う。

ふたりきりの夜がふけていく。

きっとわたし、明日の朝、後悔する。

でも、わかっていても止まらなかった。この人を恋する気持ちが、どうしても止められないように。

＊＊＊

ロイヤルスイートルームで迎える夜明け。

やっぱりわたしは後悔していた。

眠い。体が動かない。それなのに、精神的な興奮が残っているのか、なかなか寝つけない。

伊織さんは満足した肉食動物のように深く眠っている。

わたしは重い体を起こして、水を飲みに行った。

冷蔵庫からミネラルウォーターのボトルを出して、グラスに注ぐ。

車両の中とは思えないふかふかのソファーに腰かけて窓のブラインドを少し上げると、車窓の外は白銀の世界だった。

「綺麗……」

真冬の森。

夜中降っていた雪はもうやんでいた。木々の枝から音もなく雪が落ちる。

やがて、朝日が世界を照らした。

青白い光があたたかい色合いを帯びて、淡い薔薇《ばら》色へと変化していく。

しばらくして太陽が昇り切ると、山々が白く輝いた。

夜は朝になり、朝は夜になる。冬は春になり、夏になり秋になり、また次の冬が来る。

これからきっと、暗い夜や寒い冬が、何度も訪れるだろう。でも、彼と一緒なら、どんな時間だって愛おしい。

「結菜……？」

寝ぼけているのか、伊織さんが手を伸ばしてベッドの片側を探っている。

「ここにいるわ」

わたしはベッドに戻って、伊織さんのあたたかい腕の中にそっともぐり込んだ。

あとがき

マーマレード文庫さまでは初めまして。月夜野繭《つきよのまゆ》と申します。

このたびは『たとえ契約婚でも、孤高のエリート御曹司はママになった最愛の彼女を離せない』をお手に取っていただきありがとうございます！

この作品は最初、小説投稿サイトで連載していました。

実はわたし、タイトルをつけるのが苦手で……投稿時のタイトルは『契約結婚のはずなのに、予定外の懐妊をしたら極甘に執着されました ～強引な鉄道王は身ごもり妻を溺愛する～』とだいぶ長めでした。今回書籍化にあたり編集部さまに素敵なタイトルをつけていただき、とてもありがたく思っています。

そうなんです、このお話は契約結婚、御曹司、ママがキーワード。

鉄道系大財閥の御曹司であるヒーロー・伊織と旅先で出会い、恋に落ちてしまった地味ＯＬの結菜。奇跡的に授かった大切な命をひとりで育てていこうと決意したところに現れたのは……？　夢をあきらめて平凡に生きていた結菜が、伊織の深い愛につつまれて美しく花開いていく物語をお楽しみいただけたら幸いです。

またWEB上では七万字弱だった中編を大幅に加筆修正しております。新キャラや新エピソードを加え、連載のときには力不足で書けなかった彼らの未来についてもじっくりと書くことができました。

これもひとえに担当編集さまや編集部の皆さまのこまやかで的確なご指導のおかげです。また、刊行にたずさわってくださった関係者の方々にも厚く御礼申し上げます。

そしてもちろん、イラストレーターのうすくち先生にも心からの感謝を！　伊織がめっちゃかっこいい‼　結菜がピュアアッピュアで綺麗‼　娘の愛菜ちゃんが天才的にかわいい〜〜〜‼

ハァハァ……興奮してしまう……。落ち着こう自分。

えーと、気を取り直しまして。あらためて、ここまでお読みくださった皆さま、本当にありがとうございました。いつかまたどこかでお目にかかれますように！

月夜野　繭

マーマレード文庫

たとえ契約婚でも、孤高のエリート御曹司はママになった最愛の彼女を離せない

2025年4月15日　第1刷発行　定価はカバーに表示してあります

著者　月夜野 繭　©MAYU TSUKIYONO 2025
発行人　鈴木幸辰
発行所　株式会社ハーパーコリンズ・ジャパン
東京都千代田区大手町1-5-1
電話　04-2951-2000（注文）
0570-008091（読者サービス係）
印刷・製本　中央精版印刷株式会社

ISBN-978-4-596-72762-6

m a r m a l a d e b u n k o

本作品はWeb上で発表された「契約結婚のはずなのに、予定外の懐妊をしたら極甘に執着されました　～強引な鉄道王は身ごもり妻を溺愛する～」に、大幅に加筆・修正を加え改題したものです。